Parigi, 2002

Liv Halston si tiene saldamente al parapetto della Torre Eiffel, abbracciando con lo sguardo l'intera Parigi che si estende sotto di lei attraverso la rete di protezione a losanghe, e si chiede se qualcuno abbia mai passato una luna di miele disastrosa come la sua.

Intorno a lei famiglie di turisti lanciano gridolini di meraviglia davanti al panorama, oppure si appoggiano contro la rete per farsi fotografare dagli amici in pose fantasiose sotto lo sguardo impassibile di un addetto alla sicurezza. Da ovest si sta avvicinando un minaccioso ammasso di nubi cariche di pioggia. Un venticello pungente le ha fatto arrossare le orecchie.

Qualcuno lancia un aeroplanino di carta, e Liv ne segue il percorso guardandolo mentre scende avvitandosi a spirale, sostenuto dalle correnti, finché diventa troppo piccolo e lei lo perde di vista. Laggiù, da qualche parte, fra gli eleganti boulevard di Haussmann e i piccoli cortili, i parchi dalle strutture geometriche e le rive della Senna dolcemente sinuose, c'è suo marito. Il marito che, il secondo giorno della loro luna di miele, le aveva detto che era davvero dispiaciuto, ma avrebbe dovuto incontrare una persona in mattinata per una questione di lavoro: l'edificio di cui le aveva parlato, quello che doveva sorgere ai margini della città. Solo per un'ora. Non ci avrebbe messo molto. Lei era d'accordo, vero?

Lo stesso marito al quale lei aveva risposto che, se fosse uscito da quella camera d'albergo, avrebbe potuto andare al diavolo e fare a meno di tornare.

David aveva pensato che lei stesse scherzando, e Liv aveva pensato che fosse lui a scherzare. Poi David era quasi scoppiato a ridere.

"Liv, è una faccenda importante."

"Come il nostro viaggio di nozze" aveva risposto lei. Si erano guardati come se non si fossero mai visti prima.

«Santo cielo. Mi sa che devo tornare giù.» Un'americana con un grande marsupio legato in vita e i capelli del colore del pan di zenzero fa una smorfia mentre sfila cautamente davanti a Liv, un passetto per volta. «Soffro di vertigini. Non la sente cigolare?»

«Non ci ho fatto caso» dice Liv.

«Mio marito è come lei. Non fa una piega. Potrebbe stare qui tutto il giorno. A me invece è venuto il panico salendo su quel maledetto ascensore.» La donna guarda un uomo con la barba intento a scattare fotografie con una costosa macchina, rabbrividisce e si fa strada sulla passerella verso l'ascensore, tenendosi al corrimano.

È verniciata di marrone, la Torre Eiffel, e ha la stessa tonalità del cioccolato. È un colore incredibilmente brutto per una struttura dall'aspetto così etereo. Liv si volta per commentare con David, ma di colpo si rende conto che, ovviamente, lui non c'è. Si era immaginata loro due insieme lassù fin dal primo momento in cui lui aveva proposto una settimana a Parigi. Loro due, teneramente abbracciati, magari di notte, ad ammirare la Ville Lumière. Sarebbe stata ebbra di felicità. David l'avrebbe guardata come aveva fatto quando le aveva chiesto di diventare sua moglie. Lei si sarebbe sentita la donna più fortunata del mondo.

Poi quella settimana si era ridotta a cinque giorni a causa di un irrinunciabile appuntamento a Londra il venerdì. E, di questi cinque giorni, solo due erano passati prima che saltasse fuori un altro impegno irrinunciabile.

Ora Liv è lì, da sola, mentre il cielo diventa grigio e inizia a scendere una pioggerellina sottile. Rabbrividisce nel vestitino estivo che aveva comprato perché era dell'esatta sfumatura dei suoi occhi nella speranza che David l'avrebbe notato, domandandosi se il suo francese scolastico le basterà per chiamare un taxi che la riporti in albergo o se, dato il suo stato d'animo, tanto vale rientrare arrancando sotto la pioggia. Si mette in coda per l'ascensore.

«Anche lei lo lascia qui?»

«Lascio qui cosa?»

Accanto a lei c'è la donna americana, che sorride accennando allo scintillante anello nuziale di Liv. «Suo marito.»

«Lui... lui non è qui. È... impegnato oggi.»

«Oh, siete qui per affari? Che meraviglia! Lui va a lavorare mentre lei si diverte a fare la turista.» Ride. «L'ha studiata proprio bene, cara.»

Liv lancia un'ultima occhiata agli Champs-Élysées e sente una stretta alla bocca dello stomaco. «Già» dice. «Non è una gran fortuna?»

"Chi si marita in fretta..." I suoi amici l'avevano avvertita. L'avevano detto scherzosamente, ma visto che lei e David si conoscevano da appena tre mesi e undici giorni quando lui le aveva chiesto di sposarla, Liv avrebbe potuto rendersi conto che in quel monito c'era un pizzico di verità.

Non aveva voluto un matrimonio in grande. L'assenza di sua madre avrebbe pesato su quella giornata, colorandola di una sfumatura più triste. Così erano scappati in Italia e si erano sposati in una chiesa di Roma. Liv aveva acquistato un abito bianco in una boutique di via Condotti da uno stilista senza pretese ma spaventosamente caro, e non aveva capito quasi nulla della cerimonia finché David non le aveva infilato l'anello al dito.

In seguito Carlo, l'amico e testimone dello sposo che li aveva aiutati nell'organizzazione del matrimonio, l'aveva presa in giro facendole credere di avere appena promesso di onorare, obbedire e accettare qualsiasi moglie David avesse desiderato aggiungere alla sua collezione in futuro. Liv aveva riso per un giorno intero.

Sapeva che sposarlo era stata la cosa giusta. Lo sapeva fin dal momento in cui l'aveva conosciuto. Lo sapeva anche quando suo padre aveva accolto la notizia con un'espressione mortificata, mascherandola prontamente con calorose congratulazioni, e lei, sentendosi in colpa, si era resa conto che l'unico genitore che le era rimasto probabilmente aveva sognato ben altro per il matrimonio della figlia. Lo sapeva quando aveva portato le sue poche cose a casa di David, la struttura di vetro in cima a un ex zuccherificio vicino al Tamigi, frutto di uno dei primi progetti ideati e realizzati da lui. Nelle sei settimane che avevano preceduto il matrimonio e il viaggio di nozze, ogni mattina Liv si svegliava nella Glass House, circondata dal cielo, e rimaneva a guardare il marito ancora addormentato con la consapevolezza che erano fatti l'uno per l'altra. Certe passioni erano troppo grandi per essere ignorate.

"Non ti senti... non so... un po' troppo giovane?" Jasmine si stava facendo la ceretta sulle gambe sopra il lavandino della cucina. Liv era seduta al tavolo e la guardava, concedendosi una sigaretta. David non gradiva il fumo. Lei gli aveva detto di aver smesso di fumare un anno prima. "No, dico sul serio, Liv. Tu hai la tendenza a fare le cose d'impulso, come quando ti sei rasata a zero per una scommessa, oppure quando hai mandato a puttane il tuo lavoro per fare il giro del mondo."

"Come se fossi l'unica ad aver mai fatto una cosa simile."

"Ma sei l'unica persona che conosco che ha fatto tutte e due le cose nello stesso giorno. Non so, Liv. Il fatto è che... mi sembra tutto troppo affrettato."

"Lo so, ma sento che è la cosa giusta. Siamo così felici insieme, e non riesco proprio a immaginare che lui possa in qualche modo farmi arrabbiare o rendermi triste. Lui è..." Liv soffiò un anello di fumo verso la lampada al neon "... semplicemente perfetto."

"Sì, è davvero adorabile, ma non riesco a credere che proprio tu stia per sposarti. Nel nostro gruppo eri quella che giurava che non l'avrebbe mai fatto."

"Lo so."

"Ahi. Cazzo se fa male." Jasmine tirò una striscia di ceretta e guardò la peluria che aveva strappato con un'espressione disgustata. "David è un gran bel tipo, e quella casa dev'essere davvero fantastica. Altro che questo buco."

"Quando mi sveglio accanto a lui, mi sembra di trovarmi tra le pagine di una rivista patinata. Ha una casa da uomo maturo. Non ho portato quasi niente delle mie cose. Ha le lenzuola di lino, ti rendi conto? Vere lenzuola di lino." Liv soffiò un'altra boccata di fumo. "Di puro lino."

"Sì. E sai chi finirà per stirare quelle preziose lenzuola?"

"Non io. Ha una domestica. Dice che non mi devo occupare di queste faccende. Deve aver capito che come casalinga faccio pena. In realtà vuole che io prenda in considerazione un corso post laurea."

"Un corso post laurea?"

"Dice che sono troppo in gamba per non fare qualcosa della mia vita."

"Questo dimostra quanto ti conosce bene." Jasmine ruotò la caviglia per vedere se fossero rimasti dei peli superflui. "Allora, hai intenzione di farlo?"

"Non so. Ci sono troppe cose in ballo, fra trasloco a casa sua, cerimonia e tutto il resto. Credo di dovermi abituare alla vita matrimoniale, prima."

"Diventerai una moglie." Jasmine le fece un gran sorriso guardandola con aria maliziosa. "Oddio. Una mogliettina."

"Zitta. Mi fa ancora un certo effetto."

"Mogliettina."

"Piantala!"

Ovviamente Jasmine continuò a ripeterlo finché Liv la colpì con uno strofinaccio da cucina.

David è in albergo quando lei rientra. Liv ha deciso di tornare a piedi, ma nel frattempo si è messo a diluviare, quindi ora è bagnata fradicia, con il vestito appiccicato alle gambe. Mentre attraversa la hall, giurerebbe che il portiere le lanci una di quelle occhiate che riserva al tipo di donna il cui marito prende appuntamenti di lavoro durante la luna di miele.

Quando entra in camera, David è al telefono. Si volta, la scruta e interrompe la telefonata. «Dove sei stata? Cominciavo a preoccuparmi.»

Liv si sfila il cardigan bagnato e cerca un attaccapanni nell'armadio. «Sono salita sulla Torre Eiffel. E sono tornata a piedi.»

«Sei fradicia. Ti preparo un bagno caldo.»

«Non ne ho voglia.» In realtà ne ha voglia eccome. Non ha pensato ad altro durante il lungo e deprimente tragitto verso l'albergo.

«Faccio portare su del tè, allora.»

Mentre David solleva il ricevitore per chiamare il servizio in camera, Liv si volta, entra in bagno e chiude la porta. Continua a percepire lo sguardo di suo marito anche dopo che la porta si è chiusa. Non sa perché si sta comportando in modo così testardo. Si era ripromessa di essere carina al ritorno per salvare la giornata. Dopotutto, si era trattato soltanto di un incontro di lavoro, e sapeva com'era fatto David fin dal primo appuntamento, quando l'aveva trascinata in giro per Londra in macchina parlandole della genesi e del design degli edifici in vetro e acciaio davanti ai quali passavano.

Ma mentre varcava la soglia della camera d'albergo era successo qualcosa. Lo aveva visto al telefono, e il semplice fatto di aver capito immediatamente che si trattava di una telefonata di lavoro aveva deviato il suo fragile slancio di buona volontà. "Non eri preoccupato per me" pensa, seccata. "Stavi discutendo dello spessore del vetro da usare nell'ingresso di un nuovo edificio o della capacità della controventatura di reggere il peso del condotto di ventilazione supplementare."

Liv riempie la vasca con il costoso bagnoschiuma dell'hotel, e poi si immerge nell'acqua calda con un sospiro di sollievo. Qualche minuto dopo, David bussa alla porta ed entra.

«Ecco il tè» dice posando la tazza sul bordo della vasca di marmo.

«Grazie.»

Liv aspetta che lui se ne vada, ma lui si siede sul coperchio del water e la guarda, proteso in avanti.

«Ho prenotato un tavolo a La Coupole.»

«Per stasera?»

«Sì. Te ne avevo parlato. È la brasserie con quei fantastici murales dipinti da artisti che...»

«David, sono veramente stanca. Ho camminato molto. Non credo di aver voglia di uscire stasera» dice Liv senza guardarlo in faccia.

«Non so se riuscirò a trovare posto nei prossimi giorni.»

«Mi spiace. Preferisco mangiare qualcosa in camera e andare a letto.»

"Perché stai facendo questo?" Liv urla silenziosamente a se stessa. "Perché stai sabotando la tua luna di miele con le tue stesse mani?"

«Ascolta, mi dispiace per oggi, okay? Sono mesi che cerco di combinare un incontro con i Goldstein, e si dà il caso che adesso si trovino a Parigi e che finalmente siano disposti a vedere i miei disegni. È il progetto di cui ti parlavo, Liv. Quello importante. E credo che l'abbiano apprezzato.»

Liv si fissa le dita dei piedi che spuntano dall'acqua, rosa e lucide. «Sono contenta che sia andata bene.»

Rimangono in silenzio.

«Odio tutto questo. Odio vederti così triste.»

Liv alza lo sguardo e osserva il marito, con i suoi occhi azzurri e i capelli sempre un po' arruffati, il viso tra le mani. Dopo un attimo di esitazione allunga un braccio verso di lui. «Non farci caso. Mi sto comportando come una stupida. Hai ragione. So che questo progetto è molto importante per te.»

«Lo è davvero, Liv, altrimenti non ti avrei mai lasciato da sola. Ma questa è l'occasione che cerco da mesi. Da anni. E se la colgo, l'accordo è fatto. Riuscirò a sfondare.»

«Lo so. Ascolta, non annullare la prenotazione, ci andiamo. Starò meglio dopo il bagno. E poi potremo organizzare la giornata di domani.»

Le dita di David si stringono intorno alle sue. A causa della schiuma, Liv fa fatica a non farle scivolare via.

«Be'... è proprio qui il problema. Vogliono che io incontri il responsabile del progetto domani.»

Liv si irrigidisce. «Cosa?»

«Verrà qui appositamente per me. Mi hanno dato appuntamento nella loro suite al Royal Monceau. Pensavo che potresti accompagnarmi e provare la spa dell'hotel nel frattempo. Dev'essere fantastica.»

Lei lo fissa. «Stai dicendo sul serio?»

«Certo. Ho sentito che sull'edizione francese di "Vogue" è stata giudicata la miglior...»

«Non sto parlando di quella maledetta spa.»

«Liv, questo significa che sono realmente interessati. Devo approfittarne.»

Quando finalmente riesce a parlare, Liv ha la voce strozzata. «Cinque giorni. La nostra luna di miele si è ridotta a cinque giorni, David. Nemmeno una settimana. E mi vieni a dire che non potevano aspettare altre settantadue ore per fissare un appuntamento?»

«Sono i Goldstein, Liv. Con i miliardari funziona così. Devi inserirti nella loro agenda.»

Liv osserva la pedicure che le è costata un patrimonio, ricordando quanto aveva riso con l'estetista quando lei aveva detto che i suoi piedi erano così belli che quasi veniva voglia di mangiarseli.

«Per favore, David, vattene.»

«Liv. Io...»

«Lasciami sola.»

Non lo guarda mentre lui si alza ed esce chiudendosi la porta del bagno alle spalle. Chiude gli occhi e scivola nell'acqua calda, finché non sente assolutamente più nulla.

2

Parigi, 1912

«No, al Bar Tripoli no.»

«Sì, invece. Al Tripoli.»

Pur essendo un uomo grande e grosso, in quel momento Édouard Lefèvre somigliava a un bambino a cui viene annunciata una punizione. Mi guardò con aria contrita e sbuffò. «Oh, non stasera, Sophie. Andiamo a cena da qualche parte. Passiamo una serata senza preoccuparci dei soldi. Ci siamo appena sposati! Siamo ancora in luna di miele!» Gesticolò in direzione dell'insegna del bar come per escludere l'eventualità di entrarci.

Mi frugai nella tasca del cappotto e presi una manciata di cambiali che vi avevo infilato dentro. «Mio adorato marito, non possiamo passare una serata senza preoccuparci dei soldi, dal momento che non abbiamo niente per pagarci da mangiare, nemmeno un centesimo.»

«Ma il denaro della Galerie Duchamp...»

«Se n'è andato per l'affitto. Eri indietro con i pagamenti dall'estate scorsa, ricordi?»

«E i risparmi nel salvadanaio?»

«Li hai spesi due giorni fa, quando hai pensato bene di offrire la colazione a tutti da Ma Bourgogne.»

«Era per festeggiare il matrimonio! Sentivo il bisogno di celebrare in qualche modo il nostro ritorno a Parigi.» Édouard si fermò a riflettere per un istante. «I soldi nei pantaloni blu?»

«Ieri sera.»

Si tastò le tasche, ma trovò soltanto la sua borsa da tabacco. Aveva un'aria così abbattuta che mi venne quasi da ridere.

«*Courage*, Édouard. Ce la caveremo. Se preferisci, entro io e chiedo ai tuoi amici di saldare gentilmente i loro debiti. Tu non dovrai fare nulla. Troveranno più difficile rifiutare le richieste di una donna.»

«E poi ce ne andremo?»

«Certo.» Mi alzai in punta di piedi e lo baciai sulla guancia. «E andremo a cercare qualcosa da mettere sotto i denti.»

«Non credo che avrò voglia di mangiare» borbottò. «Discutere di soldi mi fa chiudere lo stomaco.»

«Ti verrà voglia, Édouard.»

«Non vedo perché dobbiamo farlo proprio adesso. La nostra luna di miele dovrebbe durare un mese. Un mese d'amore e nient'altro! Ho chiesto a uno dei miei amici che sa tutto di queste cose. Sono sicuro che c'è del denaro da qualche parte nel mio... oh, aspetta, ecco Laure. Laure! Vieni che ti presento mia moglie!»

Nelle ultime tre settimane, da quando ero diventata la moglie di Édouard Lefèvre e, per la verità, già da alcuni mesi, avevo scoperto che i debiti del mio neosposo erano ancora più grandi del suo talento artistico. Édouard era l'uomo più generoso del mondo, anche se aveva ben pochi mezzi per sostenere una tale generosità. Vendeva i suoi dipinti con una facilità che avrebbe suscitato l'invidia dei suoi colleghi all'Académie Matisse, ma raramente si preoccupava di chiedere qualcosa di volgare come i contanti in cambio delle sue opere, e si accontentava di una pila sempre più alta di cambiali spiegazzate. Di conseguenza, i vari Messieurs Duchamp, Bercy e Stiegler potevano godere dei suoi raffinati lavori sulle pareti di casa e al tempo stesso riempirsi la pancia, mentre Édouard viveva di pane, formaggio e pâté di maiale per settimane di fila.

Ero rimasta sconvolta quando avevo scoperto lo stato delle sue finanze. Non tanto per via della sua mancanza di fondi – avevo capito fin dal nostro primo incontro che Édouard non era certo benestante –, ma per la disinvolta insensibilità con cui i suoi cosiddetti amici sembravano trattarlo. Gli promettevano del denaro che non arrivava mai. Accettavano i suoi drink e la sua ospitalità, ma gli davano ben poco in cambio. Édouard era quello che offriva da bere agli amici, leccornie alle signore e divertimento per tutti! E quando arrivava il momento di pagare, non si sa come, era sempre l'ultimo avventore rimasto al bar.

"Per me l'amicizia è più importante del denaro" mi aveva detto quando avevo controllato i suoi conti.

"È un sentimento decisamente lodevole, amore mio, ma purtroppo l'amicizia non porterà il pane sulla nostra tavola."

"Ho sposato una donna d'affari!" aveva esclamato Édouard con orgoglio. Nei giorni successivi al matrimonio avrei potuto tranquillamente confessare che ero una strizzabrufoli di professione e lui sarebbe stato comunque orgoglioso di me.

Sbirciai dalla finestra del Bar Tripoli per cercare di capire chi ci fosse dentro e, quando mi voltai, vidi che Édouard stava parlando con una donna. Niente di strano, dato che mio marito conosceva tutti nel V e nel VI arrondissement. Era impossibile percorrere un centinaio di metri senza che lui distribuisse saluti, sigarette, parole affettuose. «Sophie!» mi chiamò. «Vieni qui! Voglio presentarti Laure Le Comte.»

Ebbi una leggera esitazione. Le guance imbellettate e le scarpette frivole della donna denunciavano chiaramente che si trattava di una *fille de rue*. Quando ci eravamo conosciuti, Édouard mi aveva raccontato che spesso le usava come modelle: erano perfette, diceva, perché non si vergognavano di mostrare il loro corpo. Forse avrei dovuto essere scioccata dal fatto che desiderasse presentare me, sua moglie, a una di loro. Ma avevo imparato ben presto che a mio marito importava poco delle convenzioni. Sapevo che quelle donne gli piacevano, che addirittura le rispettava, e non volevo deluderlo.

«È un piacere conoscerla, Mademoiselle» dissi. Le porsi la mano e mi rivolsi a lei usando la forma di cortesia. Le sue dita erano così morbide che dovetti controllare per capire se le stavo effettivamente stringendo.

«Laure ha posato per me in diverse occasioni. Ricordi il dipinto con la donna sulla sedia azzurra, quello che ti piace tanto? La donna ritratta è Laure. È un'ottima modella.»

«Lei è troppo gentile, Monsieur Lefèvre» disse la donna.

Io sorrisi cordialmente. «Sì, conosco il dipinto. Lo trovo bellissimo.» Laure Le Comte alzò il sopracciglio quasi impercettibilmente. Mi resi conto che forse non le capitava spesso di ricevere complimenti da un'altra donna. «Penso che sia un'immagine regale, in un certo senso.»

«Regale, sì. Sophie ha proprio ragione. È esattamente così che appari in quel quadro» disse Édouard.

Laure mi guardò con un'espressione incerta, come se tentasse di capire se mi stessi prendendo gioco di lei.

«La prima volta che mio marito mi ha ritratto, parevo un'orribile vecchia zitella» mi affrettai ad aggiungere per metterla a suo agio. «Così severa e arcigna. Se non ricordo male, Édouard disse che sembravo un bastone.»

«Non direi mai una cosa del genere.»

«Ma l'hai pensato.»

«Era un quadro terribile» ammise Édouard. «Ma la colpa era soltanto mia.» Mi guardò. «E ora sarebbe impossibile farti un brutto ritratto.»

Trovavo ancora difficile incontrare i suoi occhi senza arrossire un po'. Seguì un breve silenzio, e io distolsi lo sguardo.

«Congratulazioni per il vostro matrimonio, Madame Lefèvre. Lei è una donna molto fortunata. Ma forse non quanto suo marito.»

Mademoiselle Le Comte fece un cenno cortese a me e poi a Édouard, sollevò leggermente la gonna dal marciapiede bagnato e si congedò.

«Non guardarmi così in pubblico» rimproverai mio marito mentre Laure si allontanava.

«Mi piace farlo» ribatté lui, accendendosi una sigaretta con un'aria esageratamente compiaciuta. «Sei così tenera quando arrossisci.»

Édouard vide un uomo con cui voleva parlare dal tabaccaio, così lo lasciai andare ed entrai da sola al

Bar Tripoli. Rimasi al bancone qualche minuto, mentre sbirciavo Monsieur Dinan al suo solito posto nell'angolo. Ordinai un bicchiere d'acqua e lo bevvi, scambiando qualche parola con il barista, poi mi avvicinai a Monsieur Dinan e lo salutai mentre mi toglievo il cappellino.

Lui alzò lo sguardo. Gli ci volle qualche istante per mettere a fuoco chi ero. Probabilmente mi riconobbe soltanto per via dei miei capelli. «Ah, Mademoiselle. Come va? Si gela questa sera, non è vero? Édouard sta bene?»

«Benissimo, Monsieur, grazie, ma mi chiedevo se potesse concedermi un paio di minuti per discutere di una faccenda in privato.»

Monsieur Dinan si guardò intorno. La donna alla sua destra gli rivolse uno sguardo duro. L'uomo di fronte a lui era troppo occupato a parlare con il suo vicino per notarlo. «Non credo di avere alcuna faccenda da discutere con lei in privato, Mademoiselle.» Lanciò un'occhiata alla sua compagna mentre parlava.

«Come desidera, Monsieur. Allora ne parleremo qui. Si tratta semplicemente del pagamento di un quadro. Édouard le ha venduto un dipinto a olio di particolare pregio dal titolo *Il mercato di Grenouille*, per il quale lei gli ha promesso» diedi un'occhiata al mio biglietto «cinque franchi, giusto? Bene, le sarebbe molto grato se potesse saldare la somma ora.»

L'espressione cordiale dell'uomo scomparve. «Lei è l'addetta al recupero crediti di Édouard?»

«Credo che questa definizione sia un pochino esagerata, Monsieur. Sto soltanto sistemando i suoi conti e, se non sbaglio, questo in particolare risale a circa sette mesi fa ormai.»

«Non intendo affrontare questioni di denaro qui, davanti ai miei amici.» Mi voltò le spalle, profondamente risentito, ma in parte me l'aspettavo.

«Allora, Monsieur, temo che sarò costretta a rimanere qui fino a quando lei non sarà disposto a parlarne.»

Gli occhi di tutti i presenti intorno al tavolo si erano posati su di me, ma io non accennai minimamente ad arrossire. Era difficile mettermi in imbarazzo. Ero cresciuta in un bar di St Péronne, e già a dodici anni aiutavo mio padre a buttare fuori gli ubriachi, pulivo i gabinetti degli uomini e sentivo delle conversazioni così sconce che avrebbero fatto arrossire una donna di strada. La teatrale disapprovazione di Monsieur Dinan, quindi, non mi incuteva alcun timore.

«Bene, allora può anche restare qui tutta la sera, perché non ho con me la somma che lei mi richiede.»

«Mi perdoni, Monsieur, ma mi sono trattenuta un po' al bancone prima di venire qui, e non ho potuto fare a meno di notare che il suo portafogli è ben fornito.»

Sentendo queste parole, il suo amico scoppiò a ridere. «Penso che la signorina abbia capito con chi ha a che fare, Dinan.»

Ma questo commento contribuì soltanto a farlo arrabbiare ancora di più.

«Chi è lei? Chi è lei per importunarmi così? Questo non è il modo di fare di Édouard. Lui sì che sa dare valore all'amicizia di un gentiluomo. Non piomberebbe mai qui con una simile mancanza di tatto a chiedere denaro a un uomo, mettendolo in difficoltà di fronte ai suoi amici.» Strinse gli occhi per guardarmi meglio. «Ah! Ora ricordo... Lei è la ragazza del negozio. La commessa preferita di Édouard che lavora a La Femme Marché. Come diavolo può capire come ci si comporta nell'ambiente di Édouard? Lei è una... *provinciale*» concluse, quasi sputando le parole.

Sapeva che questo mi avrebbe ferita. Sentii il rossore salirmi lentamente al viso. «Sì, lo sono, Monsieur, se mangiare è un problema da provinciale. E comunque perfino una commessa può capire quando gli amici di Édouard approfittano della sua natura generosa.»

«Gli ho promesso che lo pagherò.»

«Sette mesi fa. Gli ha promesso che lo avrebbe pagato sette mesi fa.»

«Perché dovrei risponderle? Da quando è diventata il *chien méchant* di Édouard?» mi gridò in faccia con stizza.

Per un attimo mi sentii gelare, poi, alle mie spalle, udii risuonare la voce profonda di Édouard. «Come hai chiamato mia moglie?»

«Tua *moglie*?»

Mi voltai. Non avevo mai visto mio marito con un'espressione tanto minacciosa. «Sei diventato sordo oltre che cafone, Dinan?»

«Te la sei sposata? Quella commessa acida?»

Il pugno di Édouard scattò così velocemente che non feci neppure in tempo a vederlo. Arrivò da un punto imprecisato dietro il mio orecchio destro e colse il mento di Dinan con una tale violenza che l'uomo si sollevò un po' prima di ricadere all'indietro. Franò su una pila di sedie, mentre volava a gambe all'aria facendo ribaltare il tavolo. Le signore che erano con lui urlarono quando una bottiglia di Medoc si ruppe macchiando i loro abiti.

Nel bar calò il silenzio e il violinista si interruppe a metà nota. L'atmosfera era elettrica. Dinan sbatté le palpebre e si sforzò di rimettersi in piedi.

«Porgi immediatamente le tue scuse a mia moglie. Vale una dozzina di tutti voi messi insieme» ringhiò Édouard.

Dinan sputò qualcosa, forse un dente. Sollevò il mento, sul quale scorreva un sottile rivolo scarlatto, e biascicò qualcosa a voce talmente bassa che pensai di averlo sentito solo io. «*Putain.*»

Con un urlo, Édouard si avventò su di lui. Allora l'amico di Dinan gli si lanciò contro colpendolo sulle spalle, sulla testa, sulla sua ampia schiena. I pugni gli rimbalzavano addosso come se fossero moscerini. Riuscivo soltanto a cogliere la voce di mio marito che ripeteva: «Come osi insultare mia moglie!».

«Mascalzone!» Mi voltai e vidi Michel Le Duc che tirava un cazzotto a qualcun altro.

«*Arrêtez, Messieurs! Arrêtez-vous!*»

Il bar esplose. Édouard si rialzò, si scrollò di dosso l'amico di Dinan come se si togliesse un cappotto, e gli lanciò dietro una sedia. Udii ed ebbi l'impressione di sentire sulle mie stesse ossa il legno che si rompeva sulla schiena dell'uomo. Sopra le nostre teste volavano bottiglie. Le donne urlavano, gli uomini imprecavano, i clienti cercavano affannosamente le porte, mentre i piccoli senzatetto si riversavano nel locale per buttarsi nella mischia. Nel caos generale, capii che era il momento di agire. Mi chinai e prelevai il portafogli dalla giacca del malconcio Dinan. Tirai fuori una banconota da cinque franchi e al suo posto infilai un biglietto scritto a mano.

«Le ho fatto una ricevuta» gli urlai accostando la bocca al suo orecchio. «Potrebbe servirle, in caso decidesse di vendere il dipinto di Édouard, anche se, francamente, solo un pazzo potrebbe farlo.» Mi rialzai. «Édouard!» chiamai, guardandomi intorno per cercarlo. «Édouard!» Non ero sicura che mi sentisse in mezzo a quel frastuono.

Abbassai la testa per scansare una bottiglia volante e lo raggiunsi facendomi largo nella calca. Le donne di strada ridevano e schiamazzavano in un angolo. Il proprietario del locale urlava e si torceva le mani, mentre la zuffa si riversava sulla strada e i tavolini venivano lanciati in aria. Non c'era uomo là dentro che non sferrasse pugni, e sembravano tutti decisi a darsele di santa ragione con un tale entusiasmo che mi domandai se quella fosse davvero una rissa.

«Édouard!» gridai di nuovo.

Poi individuai Monsieur Arnault nell'angolo vicino al pianoforte. «Oh, Monsieur Arnault!» urlai mentre mi aprivo un varco verso di lui, sollevando con decisione la gonna per scansare i corpi e le sedie capovolte. Si spostava piano piano sulla panca, sperando evidentemente di guadagnare l'uscita. «Due schizzi a carboncino! Le donne nel parco? Si ricorda?» Lui mi guardò e io continuai, scandendo bene le parole: «Lei ha un debito con Édouard per due schizzi a carboncino!». Mi accovacciai, e mentre con una mano mi proteggevo, con l'altra estrassi le cambiali dalla tasca e le sfogliai, abbassando la testa per evitare una scarpa. «Cinque franchi per tutti e due, dice qui. Giusto?»

Dietro di noi qualcuno urlò, mentre un boccale di metallo colpiva una finestra, mandandola in mille pezzi.

Monsieur Arnault aveva gli occhi sbarrati per la paura. Diede una rapida occhiata alle mie spalle, poi si frugò in tasca alla ricerca del portafogli. Tirò fuori le banconote così in fretta che più tardi scoprii che mi aveva dato due franchi in più. «Prenda!» sibilò, poi si precipitò verso la porta, tenendosi il cappello schiacciato sulla testa.

Ce l'avevamo fatta. Undici, anzi, dodici franchi. Sufficienti per tirare avanti.

«Édouard!» chiamai di nuovo guardandomi intorno. Lo intravidi nell'angolo, dove un uomo con i baffi rossicci come la coda di una volpe si stava scagliando invano contro di lui, che a sua volta lo teneva per le spalle. Gli misi la mano sul braccio. Per un attimo lui mi guardò con aria assente, come se avesse dimenticato che ero là. «Ho i soldi. È meglio che andiamo.»

Sembrò non sentirmi.

«Davvero» dissi. «È meglio che adesso andiamo.» Édouard lasciò andare l'uomo, che scivolò contro il muro tastandosi la bocca con un dito e mormorando qualcosa riguardo a un dente scheggiato. Finalmente riuscii ad afferrare mio marito per la manica e lo tirai verso la porta, con la testa che mi rimbombava per il chiasso, sgomitando tra gli uomini che erano entrati nel frattempo. Probabilmente non avevano la minima idea di cosa avesse scatenato quella zuffa.

«Sophie!» Édouard mi tirò indietro bruscamente mentre una sedia mi passava davanti descrivendo un arco, così vicina al mio viso che avvertii uno spostamento d'aria. Imprecai per lo spavento, poi arrossii perché mio marito mi aveva sentito.

Finalmente uscimmo nell'aria della sera, con il rumore lontano delle urla e dei bicchieri in frantumi ancora nelle orecchie, mentre alcune persone sbirciavano dentro dalle finestre, con le mani ai lati del viso per vedere meglio. Mi fermai accanto ai tavoli vuoti e mi scrollai via dalla gonna le schegge di vetro. Vicino a noi era seduto un uomo insanguinato che con una mano si copriva l'orecchio e con l'altra fumava osservando la scena.

«Andiamo a mangiare, allora?» dissi sistemandomi il cappotto e guardando il cielo. «Credo che pioverà di nuovo.»

Mio marito si alzò il bavero, poi si passò le mani fra i capelli con un lieve sospiro. «Sì» disse. «Sì. Penso di essere pronto per mangiare qualcosa ora.»

«Scusami se ho imprecato. È un comportamento che non si addice a una signora.»

Édouard mi diede dei colpetti sulla mano. «Non ho sentito nulla» disse.

Tolsi una scheggia di legno dalla spalla del suo cappotto e la gettai via. Lo baciai e ci avviammo rapidamente a braccetto verso il Pantheon, mentre il suono vibrante della campana della gendarmeria echeggiava sui tetti della città.

Mi ero trasferita a Parigi due anni prima, e come tutte le commesse che lavoravano per La Femme Marché, abitavo negli alloggi dietro rue Beaumarchais. Il giorno in cui lasciai l'appartamento, le mie colleghe si allinearono in corridoio battendo le pentole con i cucchiai di legno per salutarmi e festeggiare le mie nozze imminenti.

Ci sposammo a St Péronne, e in assenza di mio padre fui accompagnata all'altare da Jean-Michel, il marito di mia sorella. Affascinante e generoso, Édouard si comportò come lo sposo perfetto durante i tre giorni di festeggiamenti, ma sapevo che non vedeva l'ora di sfuggire ai vincoli provinciali della Francia del Nord e tornare a Parigi.

Non ho parole per descrivere quanto ero felice. Non mi sarei mai aspettata di innamorarmi, né tantomeno di sposarmi. E non sarei mai arrivata ad ammetterlo in pubblico, ma amavo Édouard Lefèvre con una tale passione che sarei stata con lui anche se non avesse voluto portarmi all'altare. In effetti Édouard era un uomo che non badava alle convenzioni, e ne avevo dedotto che convolare a nozze fosse l'ultima cosa che desiderava.

Ma fu lui a parlare di matrimonio.

Stavamo insieme da poco meno di tre mesi quando un pomeriggio Hans Lippmann passò dal suo studio. Io stavo facendo il bucato perché Édouard aveva dimenticato di mettere da parte il denaro per la lavandaia. Monsieur Lippmann era una specie di dandy e io mi sentivo un po' a disagio a farmi vedere in abiti da casa. Gironzolò per l'atelier ammirando gli ultimi lavori di Édouard, poi si fermò davanti al ritratto che mio marito mi aveva fatto la sera della festa della presa della Bastiglia, quando ci eravamo dichiarati il nostro amore per la prima volta. Io rimasi in bagno a lavare i colletti di Édouard, cercando di non provare imbarazzo al pensiero che Lippmann stesse guardando un mio ritratto in biancheria intima. Le loro voci si abbassarono per qualche istante, tanto che non riuscivo a sentirli, e alla fine la curiosità prese il sopravvento. Mi asciugai le mani, e quando entrai nello studio li trovai intenti a osservare una serie di bozzetti dove io apparivo seduta vicino a una grande finestra. Monsieur Lippmann si voltò e, dopo un brevissimo saluto, mi chiese se volevo posare anche per lui. Completamente vestita, naturalmente. Disse che c'era qualcosa di affascinante nei lineamenti del mio viso, nella mia carnagione chiara. Édouard era d'accordo, vero? Perché non avrebbe dovuto esserlo? In fondo, anche lui aveva visto le stesse cose in me, aggiunse scoppiando a ridere.

Ma Édouard non rise.

Stavo per accettare – Lippmann mi piaceva perché era uno dei pochi artisti che mi trattava come una sua pari –, ma vidi un'espressione tesa sul viso di Édouard.

"No. Mi spiace, ma Mademoiselle Bessette è troppo impegnata."

Seguì un attimo di imbarazzo. Lippmann ci guardò con aria divertita.

"Perché, Édouard? Abbiamo già condiviso delle modelle prima. Pensavo semplicemente che..."

"Ho detto no."

Lippmann abbassò lo sguardo per un istante. "Come vuoi, Édouard. È stato un piacere rivederla, Mademoiselle." Si toccò il cappello per salutare e se ne andò. Édouard non ricambiò il saluto.

"Quanto sei sciocco" gli dissi poi. Lui era nella tinozza e io gli lavavo i capelli, inginocchiata su un cuscino alle sue spalle. Era rimasto in silenzio per tutto il pomeriggio. "Sai che ho occhi solo per te. Avrei posato per Monsieur Lippmann indossando un abito da suora per farti contento." Gli versai lentamente una brocca d'acqua sulla nuca, guardando la schiuma che scivolava via. "È sposato, e pure felicemente. Senza contare che è un gentiluomo."

Édouard continuava a rimanere chiuso nel suo mutismo. All'improvviso si girò bruscamente, facendo fuoriuscire l'acqua sul pavimento. "Ho bisogno di sapere che sei mia" disse, e la sua espressione era così preoccupata, così infelice, che mi ci volle un momento prima di parlare.

"Certo che sono tua, stupidone." Presi il suo viso fra le mani e lo baciai. Aveva la pelle umida. "Sono stata tua fin dalla prima volta in cui sei entrato da La Femme Marché. Senza contare che hai comprato quindici ridicole sciarpe pur di rivedermi." Gli diedi un altro bacio. "Sono stata tua quando hai detto a Mistinguett che avevo le caviglie più belle di Parigi perché aveva tentato di umiliarmi facendo notare che portavo gli zoccoli." Lo baciai di nuovo. Lui chiuse gli occhi. "Sono stata tua quando mi hai ritratto e mi sono resa conto che nessuno mi avrebbe mai guardato come facevi tu. Come se vedessi soltanto la parte migliore di me. Come se mi vedessi più splendida di quanto fossi in realtà."

Presi un asciugamano e glielo passai teneramente sul naso e sugli occhi. "Perciò, vedi? Non c'è nulla da temere. Sono tua, Édouard, completamente tua. Non riesco a credere che tu possa dubitarne."

Lui mi fissò. I suoi grandi occhi nocciola erano seri e stranamente determinati. "Sposami" disse.

"Ma tu hai sempre detto..."

"Domani. La settimana prossima. Appena possibile."

"Ma tu..."

"Sposami, Sophie."

Così lo sposai. Non ho mai potuto negare niente a Édouard.

Il mattino dopo la rissa al Bar Tripoli dormii fino a tardi. Storditi dalla nostra improvvisa ricchezza, avevamo mangiato e bevuto troppo ed eravamo rimasti svegli fino all'alba, perduti l'una nel corpo dell'altro, ridacchiando divertiti mentre ricordavamo l'espressione offesa di Dinan. Sollevai pigramente la testa dal cuscino e mi scostai i capelli dal viso. I pochi spiccioli che avevamo lasciato sul tavolo non c'erano più; Édouard doveva essere uscito per comprare il pane. Riconobbi vagamente la sua voce giù in strada e lasciai che gli eventi della sera precedente fluissero nella mia mente fino a svanire in un felice ricordo offuscato. Poi, visto che Édouard non accennava a salire, mi infilai una vestaglia e andai alla finestra.

Aveva due baguette sotto il braccio e stava parlando con una bionda appariscente che indossava un attillato *robe-manteau* verde scuro e un colbacco di pelliccia. Li stavo osservando quando, all'improvviso, la donna alzò gli occhi verso la finestra. Édouard, seguendo il suo sguardo, si girò e mi fece un cenno di saluto con la mano.

«Scendi, *chérie*. Voglio presentarti una persona.»

Io non avevo voglia di conoscere nessuno. Volevo soltanto che lui salisse per intrecciare le mie gambe alle sue e coprirlo di baci mentre mangiavamo. Ma sospirai, mi allacciai la vestaglia e scesi fino al portone.

«Sophie, ti presento Mimi Einsbacher, una mia vecchia amica. Ha acquistato diversi dipinti e ha anche posato per alcuni dei miei ritratti dal vero.»

"Un'altra?" pensai distrattamente.

«Congratulazioni per il vostro matrimonio. Édouard non mi aveva... messo al corrente.»

Il modo in cui la donna mi guardò e il fremito che notai nei suoi occhi quando si rivolse a Édouard, mi fecero sentire a disagio.

«*Enchantée,* Madame» dissi porgendole la mano. Lei la strinse come se stesse maneggiando un pesce morto.

Rimanemmo lì, impacciati, a studiarci i piedi. Per strada due spazzini lavoravano sui marciapiedi opposti, fischiettando all'unisono. Le fognature erano di nuovo intasate e quell'odore, associato al troppo vino che avevamo bevuto la sera precedente, mi diede un improvviso senso di nausea.

«Vogliate scusarmi» dissi, rifugiandomi nell'atrio. «Non sono vestita in modo adatto a ricevere ospiti. Édouard, vado ad accendere il camino e preparo il caffè.»

«Buona idea!» esclamò lui sfregandosi le mani. «Mi ha fatto piacere vederti, Mimi. Verrò, anzi, *verremo* presto a vedere il tuo nuovo appartamento. Dev'essere meraviglioso.»

Édouard salì le scale fischiettando.

Mentre si spogliava, gli versai una tazza di caffè, poi mi infilai di nuovo sotto le coperte. Lui si sdraiò, appoggiò un piatto fra di noi, prese un pezzo di pane e me lo porse.

«Te la sei portata a letto?» Evitai di guardarlo negli occhi mentre gli facevo questa domanda.

«Chi?»

«Mimi Einsbacher.»

Non so perché glielo chiesi, non avevo mai fatto niente di simile prima.

Lui scosse leggermente la testa, come se la cosa fosse irrilevante. «Può darsi» rispose. E poi, visto che non dicevo niente, mi guardò serio. «Sophie, sai che non ero un santo prima di incontrarti.»

«Lo so.»

«Sono semplicemente un uomo, e sono stato solo a lungo prima di conoscerti.»

«So anche questo. E non vorrei mai che tu fossi diverso da come sei.» Mi voltai e gli baciai dolcemente la spalla.

Édouard allungò la mano e mi attirò a sé con un altro profondo sospiro di sollievo. Sentivo il suo respiro caldo sulle palpebre. Fece scivolare le dita tra i miei capelli e mi spinse indietro la testa in modo che lo guardassi negli occhi. «Mia cara moglie, devi solo ricordarti questo: non ho mai conosciuto la felicità finché non ti ho incontrato.»

Perché avrebbe dovuto importarmi di Mimi e delle altre come lei?, pensai. Posai il pane e lo sfiorai con una gamba, respirando il suo profumo, riappropriandomi di lui ancora una volta.

Mi convinsi che non avevo motivo di preoccuparmi.

Il mercoledì seguente stavamo uscendo dallo studio quando ci imbattemmo in Mimi Einsbacher che, guarda caso, passava da quelle parti. Io stavo andando di corsa alla posta per spedire una lettera a mia sorella, e a Édouard sembrò una buona idea andare a fare colazione con Mimi. Che senso aveva mangiare da solo? E poi, due giorni dopo, la incontrammo di nuovo. Era una fredda giornata di novembre, e Édouard mi stava mettendo il cappello di feltro mentre io aprivo il pesante portone di quercia che dava su rue Soufflot. Ridevo, dandogli dei colpetti sulle mani per allontanarlo. «L'hai messo al contrario! Édouard! Smettila! Così sembro una pazza!» Mi posò una mano nel punto in cui il collo incontra la spalla. Mi piaceva sentirne il peso.

«Ehi! Buongiorno!» Mimi indossava un mantello verde acqua con una stola di pelliccia e aveva la vita così strizzata che sospettai che le sue labbra fossero blu sotto il rossetto. «Che bella sorpresa!» esclamò.

«Madame Einsbacher, che fortuna rivederla così

presto.» D'un tratto il mio cappello piazzato a sghimbescio sulla testa mi parve ridicolo.

«Mimi! È un piacere vederti.» Édouard lasciò la mia spalla, chinò il capo e baciò la mano guantata della donna. Io trasalii nel vedere quel gesto, poi mi rimproverai. "Non essere infantile" mi dissi. "In fondo, Édouard ha scelto te."

«Dove siete diretti in una mattina così fredda? Di nuovo all'ufficio postale?» Stava impettita, tenendo la borsetta davanti a sé. Era di coccodrillo.

«Ho un appuntamento a Montmartre con il mio agente. Mia moglie sta andando a fare un po' di spesa.»

Mi raddrizzai il cappello, pentendomi di non aver indossato quello nero, il più bello che avevo. «Sì, può darsi» dissi. «Se ti comporti bene.»

«Vedi cosa devo sopportare?» Édouard si abbassò un poco e mi baciò sulla guancia.

«Santo cielo. È molto severa con te, è evidente.» Il sorriso di Mimi era qualcosa di indecifrabile.

Édouard si avvolse la sciarpa intorno al collo e scrutò entrambe per un istante. «Credo che voi due dobbiate conoscervi meglio. Sarebbe bello che Sophie avesse un'amica qui.»

«Gli amici non mi mancano, Édouard» protestai.

«Ma tutte le tue colleghe del negozio sono impegnate durante il giorno, e abitano nel IX arrondissement. Mimi potrebbe farti compagnia per un caffè quando io sono occupato. Detesto pensarti da sola.»

«Credimi» gli dissi sorridendo «sto benissimo da sola.»

«Oh, Édouard ha assolutamente ragione. Non vorrà essere una spina nel fianco per lui, no? E poi, lei non conosce quasi nessuno della sua cerchia di amici. Che ne dice se la accompagno? Sarei felicissima di fare un favore a Édouard.»

Lui si illuminò.

«Meraviglioso!» disse. «Le mie due dame preferite che fanno un giretto insieme. Non mi resta che augurarvi una buona giornata, allora. Sophie, *chérie*, sarò a casa per cena.»

Si voltò e si avviò verso rue St Jacques.

Io e Mimi ci studiammo a vicenda, e per un attimo ebbi l'impressione di intravedere un guizzo glaciale nel suo sguardo.

«Che bello» disse. «Facciamo due passi?»

3

2002

Avevano pianificato la mattinata: un pigro risveglio, colazione al Café Hugo in place des Vosges, un giro per i negozietti e le boutique del II arrondissement, magari una passeggiata lungo la Senna, soffermandosi a curiosare tra le bancarelle dei libri di seconda mano. David se ne sarebbe andato dopo pranzo per il suo appuntamento di lavoro, assentandosi circa un paio d'ore, e Liv avrebbe provato la lussuosa spa del Royal Monceau mentre lui discuteva di affari. Si sarebbero incontrati al bar per un cocktail nel tardo pomeriggio e poi avrebbero cenato in una tranquilla brasserie. Avrebbero recuperato il tempo perduto. Lei sarebbe stata accomodante. Sarebbe stata comprensiva. In fondo, il matrimonio consisteva in questo: la sublime arte del compromesso. Se lo era ripetuto più volte da quando si era svegliata.

E poi, durante la colazione, il telefono di David era squillato.

«I Goldstein, vero?» dice Liv quando lui smette finalmente di parlare. La sua *tartine* giace intatta di fronte a lei.

«Cambio di programma. Vogliono vedermi stamattina nei loro uffici vicino agli Champs-Élysées.»

Vedendo che lei rimane in silenzio, David posa la mano sopra la sua e dice: «Mi dispiace tanto. Starò via un paio d'ore al massimo».

Liv non riesce a parlare. I suoi occhi si riempiono di grossi lacrimoni salati di delusione.

«Lo so. Mi farò perdonare. Solo che...»

«... che questo è più importante.»

«Questo è il nostro futuro, Liv.»

Lei lo guarda, consapevole che il suo viso tradisce tutta la sua frustrazione. È furiosa con lui perché la spinge a comportarsi in questo modo.

David le stringe forte la mano. «Andiamo, tesoro. Puoi approfittarne per dedicarti a qualche attività che a me non interessa molto. Io ti raggiungo più tardi. Non è difficile trovare qualcosa da fare per riempire un paio d'ore. Siamo a Parigi.»

«Certo. Solo che non avrei mai pensato di trascorrere il mio viaggio di nozze cercando dei modi per ammazzare il tempo.»

C'è una nota polemica nella voce di David quando risponde: «Mi spiace, ma non ho un lavoro che mi permetta di staccare la spina».

«Già. Si era capito.»

L'atmosfera era stata tesa anche durante la cena a La Coupole la sera precedente. Si erano sforzati di trovare degli argomenti tranquilli di cui discutere e si erano scambiati sorrisi di circostanza, ma sotto quell'ostentata gentilezza serpeggiava una conversazione silenziosa. Quando David parlava, Liv era imbarazzata dal suo evidente disagio. Quando stava zitto, si chiedeva se stesse pensando al lavoro.

Una volta tornati nella suite, lei gli aveva voltato le spalle a letto, troppo arrabbiata per permettergli di toccarla, e poi era rimasta là, in preda al panico, quando lui non aveva nemmeno provato ad avvicinarsi.

Le sembrava che non avessero mai veramente litigato nei sei mesi trascorsi insieme, finché non erano arrivati a Parigi. La luna di miele stava scivolando via, ne aveva la netta sensazione.

Ora David è il primo a rompere il silenzio. Continuando a tenerle la mano, si sporge sul tavolo e le scosta teneramente una ciocca di capelli dal viso. «Mi dispiace. Questa è l'ultima volta. Dammi solo un paio d'ore e ti prometto che poi sarò tutto tuo. Magari ci tratterremo ancora un po' e... recupererò le ore perdute» dice abbozzando un sorriso.

Allora Liv si volta verso di lui, disarmata, con il desiderio di sentirsi di nuovo una coppia normale, di sentirsi di nuovo *se stessi*. Fissa la sua mano intrecciata a quella di David e rimane colpita dal vistoso scintillio dell'anello nuziale che appare ancora insolito sul suo dito.

Le ultime quarantotto ore l'hanno completamente destabilizzata. La felicità che prova da qualche mese a questa parte sembra improvvisamente fragile, come se fosse stata costruita su fondamenta più traballanti di quanto entrambi si siano mai resi conto.

Cerca di incrociare lo sguardo di David. «Ti amo tanto, sai?»

«Ti amo anch'io.»

«Sono una fidanzata orribile, esigente, scontrosa.»

«Una moglie.»

Liv si apre in un sorriso riluttante. «Sono una *moglie* orribile, esigente, scontrosa.»

David le sorride e la bacia, e rimangono lì, su un lato di place des Vosges, circondati dal rombo dei motorini e dal traffico che scorre lento verso rue Beaumarchais. «Sei fortunata, perché trovo che le donne orribili e scontrose siano terribilmente affascinanti.»

«Hai dimenticato esigente.»

«Be', quella è la caratteristica che preferisco.»

«Vai» dice Liv staccandosi dolcemente da lui. «Vai, mio caro architetto affabulatore, prima che ti trascini di nuovo in quel letto d'albergo e ti impedisca di arrivare in tempo per il tuo seccantissimo appuntamento.»

L'atmosfera tra loro si distende. Liv esala un respiro che non si era resa conto di trattenere.

«Cosa farai?» chiede David.

Lei lo guarda mentre raccoglie le sue cose: chiavi, portafogli, giacca, cellulare. «Andrò a visitare qualche museo, probabilmente.»

«Ti scrivo un messaggio non appena abbiamo finito e ti raggiungo.» Le manda un bacio con la mano. «E poi possiamo continuare questa conversazione senza schiodarci dal letto.»

David è a metà strada quando si volta e alza una mano per salutare. «*À bientôt*, Mrs Halston!»

Lei sorride fino a quando lo vede sparire in fondo alla via.

Il portiere l'aveva avvertita che a quell'ora le code per il Louvre sarebbero state interminabili, così Liv decide di ripiegare sul Musée d'Orsay. David le ha detto che l'architettura dell'edificio è interessante quasi quanto le opere d'arte che ospita. Ma anche qui, alle dieci del mattino, c'è una lunga coda che si snoda davanti all'ingresso come le spire di un serpente. Il sole picchia già forte e Liv ha dimenticato di prendere con sé il cappello.

«Oh, benissimo» mormora fra sé mentre si piazza in fondo alla fila. Si domanda se riuscirà mai a entrare prima che David abbia concluso il suo incontro.

«Non dovrebbe volerci molto. Smaltiscono le code piuttosto in fretta.» L'uomo davanti a lei si gira e con un cenno della testa indica l'inizio della fila. «A volte c'è l'ingresso libero, e questo è il risultato.» Indossa un'impeccabile giacca di lino e ha l'aspetto di una persona sicura e agiata.

Mentre le sorride, Liv si chiede se in effetti abbia scritto in faccia che è inglese. «Non credo che il museo possa contenere tutta questa gente.»

«Oh, sì, invece. In realtà è come il Tardis là dentro.» Vedendola sorridere, l'uomo le tende la mano. «Tim Freeland.»

«Liv Worth... Halston. Liv Halston.» Il nuovo cognome la spiazza ancora.

«Ah, quel manifesto dice che è in corso una grande mostra di Matisse. Credo sia questo il motivo della nostra attesa. Ecco. Mi faccia aprire l'ombrello. La proteggerà dai raggi più forti.»

Mentre si avvicinano all'ingresso del museo un passo alla volta, procedendo a zigzag, Tim Freeland le racconta che viene a Parigi per il tennis ogni anno e dedica il tempo libero a visitare i luoghi che gli piacciono di più. Preferisce di gran lunga il Musée d'Orsay al Louvre, che è talmente pieno di turisti da non riuscire neppure a vedere le opere esposte. Accenna un sorriso mentre lo dice, evidentemente consapevole dell'assurdità della cosa.

È alto e abbronzato, con i capelli biondo scuro che

porta pettinati indietro fin da adolescente, immagina Liv. Dal modo in cui parla di sé, si intuisce chiaramente che non ha problemi finanziari. L'accenno ai figli lontani e l'assenza di una fede al dito suggeriscono un precedente divorzio.

È premuroso e affascinante. Parlano dei ristoranti della città, di tennis, dell'imprevedibilità dei tassisti parigini. È un sollievo intrattenere una conversazione priva di risentimento inespresso o di trappole disseminate qua e là. Quando raggiungono la testa della fila, Liv è stranamente di buonumore.

«Grazie a lei l'attesa è stata rapida e piacevole.» Hanno impiegato venticinque minuti per arrivare all'ingresso. Tim Freeland chiude l'ombrello e le porge la mano. «Lieto di averla conosciuta, Olivia Halston. Le suggerisco gli impressionisti all'ultimo piano. Se vuole vedere bene i quadri ne approfitti ora, prima che la ressa diventi insostenibile.»

Le sorride e gli occhi gli si contornano di rughe sottili, poi sparisce avviandosi a passo deciso nell'interno cavernoso del museo, come se avesse già ben chiaro dove andare. E Liv si dirige verso gli ascensori con un'andatura leggermente più sicura di sé, consapevole che, anche in luna di miele, una donna ha tutto il diritto di sentirsi rallegrata da venti minuti di conversazione con un uomo gentile e attraente, che magari ha anche flirtato un po' con lei.

Se la prende con calma, procedendo lentamente lungo la galleria degli impressionisti e studiando con attenzione ogni dipinto. Del resto, deve ingannare l'attesa. Prova una punta di vergogna rendendosi conto che non mette piede in un museo da quando si è laureata due anni prima. Dopo averci riflettuto un po', arriva alla conclusione che preferisce Monet e Morisot a Renoir, forse perché le sue opere sono state riprodotte troppe volte sulle scatole dei cioccolatini e ormai è difficile non associare le due cose.

Si siede e poi si rialza. Vorrebbe che David fosse lì con lei. È strano stare davanti a un quadro e non avere nessuno a fianco con cui commentarlo. Osserva di nascosto gli altri visitatori che potrebbero essere soli alla ricerca di segni di stranezza che li accomunino a lei. Per un attimo pensa di chiamare Jasmine, giusto per parlare con qualcuno, ma si rende conto che sarebbe un chiaro indizio del fallimento del suo viaggio di nozze. In fondo, a chi mai verrebbe in mente di chiamare un'amica nel bel mezzo della luna di miele? Ancora una volta prova un moto di irritazione nei confronti di David e si impone di liberarsi da quella sensazione opprimente.

Intorno a lei la galleria continua a riempirsi di visitatori. Le sfila davanti un gruppo di scolaretti accompagnati da una guida del museo tutta presa dal suo ruolo. Si fermano di fronte a *Déjeuner sur l'herbe*, e la guida li invita a sedersi per sentire la spiegazione. «Guardate!» esclama in francese. «Applicavano il colore fresco sopra un colore non ancora asciugato – sono stati i primi artisti a farlo! – e li mescolavano in questo modo...» dice gesticolando vistosamente. I bambini sono rapiti. Anche un gruppo di adulti si ferma ad ascoltare.

«E questo dipinto suscitò uno scandalo enorme quando fu esposto! Enorme! Perché la donna è nuda mentre gli uomini sono vestiti? Tu cosa ne pensi, giovanotto?»

A Liv piace l'idea che dei bambini francesi di otto

anni siano incoraggiati a discutere del nudo in pubblico, e le piace il rispetto con il quale la guida si rivolge ai piccoli visitatori. Ancora una volta vorrebbe che David fosse lì, perché sa che condividerebbe la sua stessa impressione.

Solo parecchi minuti dopo si accorge di quante persone si sono riversate in quelle sale, rendendo l'ambiente soffocante. Continua a sentire ovunque accenti inglesi e americani che, per qualche ragione, la infastidiscono. Improvvisamente si scopre irritata dalle piccole cose.

Impaziente di fuggire, Liv sguscia fuori dalla sala, ne attraversa un'altra e un'altra ancora e passa davanti a una serie di paesaggi fino a raggiungere la sezione dedicata agli artisti meno noti, dove non c'è tanto affollamento. Rallenta, sforzandosi di osservare queste opere minori con la stessa attenzione che ha riservato a quelle dei grandi nomi, anche se non c'è molto che la colpisca. Sta per cercare l'uscita quando si trova davanti a un piccolo dipinto a olio, e lì, quasi senza volerlo, si ferma. Vi è raffigurata una donna dai capelli rossi, in piedi di fianco a un tavolo ingombro degli avanzi di un pasto. Indossa un vestito bianco che potrebbe essere un indumento intimo, ma Liv non ne è sicura. Il corpo è parzialmente nascosto all'osservatore, e solo un lato del volto è visibile. Il suo sguardo scivola verso quello dell'artista senza incontrarlo. Le spalle piegate in avanti esprimono disappunto o tensione.

Il titolo del quadro è *Moglie con la luna storta*.

Liv lo osserva, notando la ricercata limpidezza dello sguardo, i tocchi di colore sulle guance, il corpo che pare suggerire una rabbia malcelata e al tempo stesso un senso di sconfitta, e all'improvviso pensa: "Oddio. Quella sono io".

Quell'idea le entra in testa e non c'è verso di cacciarla via. Liv vorrebbe distogliere gli occhi, ma non ci riesce. Le manca quasi il fiato, come se l'avessero presa a pugni. Il dipinto è così stranamente intimo, così sconvolgente. "Ho ventitré anni" riflette. "E ho sposato un uomo che non ha esitato a mettermi in secondo piano nella sua vita. Diventerò come questa donna, triste e silenziosamente furiosa, che se ne sta in cucina ignorata da tutti, disperatamente desiderosa di ricevere attenzioni da suo marito e pronta a mettere il broncio se non ci riesce. Una donna che se la cava da sola, cercando di fare del proprio meglio."

Liv immagina i futuri viaggi con David: lei intenta a sfogliare una guida turistica alla ricerca delle attrazioni locali, nascondendo la sua delusione quando, per l'ennesima volta, salta fuori qualche importante impegno di lavoro a cui suo marito non può rinunciare. "Finirò come mia madre. È passato troppo tempo perché possa ricordarsi chi fosse veramente prima di diventare una moglie" conclude.

"Mogliettina."

Improvvisamente il Musée d'Orsay è troppo affollato, troppo rumoroso. Liv si apre un varco verso la scala, ma sbaglia strada e incrocia la folla che proviene in senso opposto, mormorando le sue scuse mentre incontra la resistenza di spalle, gomiti, borse. Scende una rampa tenendosi su un lato, poi cerca di districarsi lungo un corridoio, ma anziché dirigersi verso l'uscita si ritrova vicino a una maestosa sala da pranzo, dove ha iniziato a formarsi una coda. Da dove diavolo si esce? Il museo si è riempito di una quantità enorme di gente. Liv si fa strada fino in fondo alla sezione dell'Art Déco – gli enormi mobili di legno d'un tratto le appaiono grotteschi e appariscenti –, finché si rende conto di essere all'estremità sbagliata e si lascia sfuggire un singhiozzo dovuto a qualcosa che non in grado di esprimere.

«Tutto a posto?»

Liv si volta. Tim Freeland la sta fissando con un opuscolo in mano.

Lei si passa frettolosamente una mano sul viso e cerca di sorridere. «Non... Non riesco a trovare l'uscita.»

Gli occhi dell'uomo studiano il suo viso – "Sta davvero piangendo?" si chiede – e Liv si sente mortificata. «Mi dispiace. Io... ho bisogno di uscire di qui.»

«Capisco» dice lui tranquillamente. «L'affollamento può essere veramente insopportabile in questo periodo dell'anno. Venga con me.» Le mette una mano sotto il gomito e la guida attraverso tutto il museo passando nelle sale più buie e periferiche, dove sembra esserci meno gente. Nel giro di pochi minuti arrivano al piano terra ed escono nel luminoso spiazzo esterno, dove le code per entrare sono diventate ancora più lunghe.

Si fermano poco distante. Liv riprende a respirare regolarmente. «Mi spiace tanto» dice, voltandosi a guardare l'ingresso. «Non credo che riuscirà a rientrare.»

Lui scuote il capo. «Avevo finito per oggi. Quando arrivi al punto in cui davanti a te non vedi altro che teste, capisci che forse è il momento di andarsene.»

Restano per un istante sul selciato ampio e pieno di luce. Il traffico scorre lento lungo il fiume e i motorini serpeggiano rumorosamente tra le auto ferme.

Il sole contorna gli edifici di un alone biancazzurro che sembra caratterizzare la città.

«Gradisce un caffè? Penso che le farebbe bene sedersi per qualche minuto.»

«Oh... Non posso. Devo incontrare...» Liv dà un'occhiata al cellulare. Non ci sono messaggi. Rimane a fissare il display e riflette. L'ora in cui David aveva previsto di liberarsi è passata già da un pezzo. «Uhm... può scusarmi un attimo?»

Si allontana e fa il numero di David, guardando con gli occhi socchiusi il traffico che si snoda lungo quai Voltaire. La chiamata viene inoltrata direttamente alla segreteria. Per un attimo Liv si chiede che cosa dirgli, poi decide di non lasciargli nessun messaggio.

Chiude il cellulare e torna da Tim Freeland.

«In effetti un caffè mi farebbe proprio piacere. Grazie.»

«*Un café et une grande crème*.» Anche quando sfodera il suo accento francese migliore, i camerieri continuano imperterriti a risponderle in inglese, ma dopo tutte le umiliazioni della mattinata l'imbarazzo di questo momento le appare insignificante. Beve un caffè, ne ordina un altro, respira l'aria calda della città e smette di concentrarsi su se stessa.

«Lei fa un sacco di domande» osserva Tim Freeland a un certo punto. «O è una giornalista, o ha frequentato un'ottima scuola di buone maniere.»

«Oppure sono un'esperta di spionaggio industriale, e ho scoperto tutto del suo rivoluzionario dispositivo.»

Lui ride. «Ah... purtroppo non dispongo di nessuna esclusiva innovazione tecnologica che possa interessarle. Ormai sono in pensione.»

«Davvero? Non sembra così anziano.»

«Non lo sono, in realtà. Nove mesi fa ho venduto la mia azienda. Sto ancora cercando di capire come impiegare il mio tempo.»

Dal tono in cui lo dice, è chiaro che la cosa non lo preoccupa particolarmente. Perché dovrebbe, pensa Liv, se può permettersi di trascorrere le giornate visitando le sue città preferite, ammirando opere d'arte e offrendo caffè agli sconosciuti? «Quindi dove vive?»

«Oh... un po' dappertutto. Trascorro un paio di mesi qui all'inizio dell'estate. Ho un appartamento a Londra. Passerò un po' di tempo anche in Sudamerica. La mia ex moglie vive a Buenos Aires con i miei due figli più grandi.»

«Sembra un po' complicato.»

«Quando si ha la mia età, la vita è inevitabilmente complicata.» Sorride, come se fosse abituato alle situazioni intricate. «Per un po' sono stato così stupido da pensare che fosse impossibile innamorarsi senza sposarsi.»

«Un vero gentiluomo.»

«Mica tanto. Come ha detto qualcuno, "Ogni volta che mi innamoro perdo una casa".» Mescola il caffè. «In realtà, considerando come vanno queste cose, sono rimasto in rapporti abbastanza civili con le mie ex mogli. Ne ho due, entrambe donne meravigliose. Peccato che non l'abbia capito prima, quando stavamo ancora insieme.»

Parla dolcemente, con una cadenza pacata, misurando le parole, come un uomo avvezzo a essere ascoltato. Liv lo osserva, indugiando con lo sguardo sulle sue mani abbronzate e sui polsini della camicia immacolati, e immagina un appartamento in un residence del I arrondissement, una governante, un ristorante esclusivo dove il proprietario conosce il suo nome. Tim Freeland non è il suo tipo, e ha come minimo venticinque anni più di lei, ma per un attimo Liv si chiede come sarebbe frequentare un uomo come quello e se, agli occhi di un passante, loro due potrebbero sembrare marito e moglie.

«Allora, lei di cosa si occupa, Olivia?» La chiama Olivia, e non Liv, da quando si è presentata. Sulla bocca di chiunque altro potrebbe sembrare un'ostentazione, ma detto da lui suona come una cortesia di altri tempi.

Liv si ridesta dalle sue fantasticherie e arrossisce leggermente quando si rende conto di quello che ha pensato. «Io... al momento sono in attesa di occupazione. Mi sono laureata, poi ho lavorato un po' come segretaria, un po' come cameriera. Le solite cose da ragazza borghese. Credo di non aver ancora capito bene cosa fare.» conclude, giocherellando con i suoi capelli.

«Ha tutto il tempo per pensarci. Bambini?» L'uomo lancia un'occhiata allusiva alla fede nuziale.

«Oh, no. Per un bel pezzo, almeno.» Ride, un po' impacciata. È a malapena in grado di badare a se stessa; il pensiero di avere un marmocchio piagnucoloso che dipende da lei è inconcepibile. Sente che lui la sta studiando.

«Giusto. C'è tutto il tempo anche per quello.» Non le stacca gli occhi di dosso. «Se posso permettermi, lei ha un'aria molto giovane per essere sposata. Di questi tempi, intendo.»

Liv non sa come ribattere, quindi beve un sorso di caffè.

«So che non si dovrebbe chiedere l'età a una signora, ma quanti anni ha? Ventitré? Ventiquattro?»

«Ha indovinato. Ventitré.»

Lui annuisce. «Lei ha un bel fisico. Credo che continuerà a dimostrarne ventitré per almeno altri dieci anni. No, non arrossisca. È una semplice constatazione. Quindi il suo è... un amore nato sui banchi di scuola?»

«No, direi piuttosto una passione travolgente.» Liv solleva lo sguardo dal suo caffè. «In realtà mi sono... mi sono appena sposata.»

«Appena sposata?» Lui la fissa con gli occhi appena un po' troppo spalancati. E la domanda è lì, fra loro. «È in viaggio di nozze?» Lo chiede senza enfasi, ma la sua espressione è così perplessa, la sua improvvisa compassione così malcelata, che Liv non riesce a sopportarlo. Vede *Moglie con la luna storta* che si allontana sconfitta, destinata a una vita di sguardi lievemente imbarazzati da parte degli altri: "Oh, è sposata? E suo marito dov'è?".

Che cosa ha fatto?

«Mi dispiace» dice a testa bassa, raccogliendo le sue cose dal tavolo. «Ora devo andare.»

«Olivia, la prego, non scappi. Sono...»

Il sangue le pulsa nelle orecchie. «No, davvero. Forse non dovrei nemmeno essere qui. È stato un piacere conoscerla. Grazie molte per il caffè. E... mi scusi...»

Liv non lo guarda. Abbozza un sorriso rivolgendosi vagamente nella sua direzione, e poi fugge sul Lungosenna, un po' camminando, un po' correndo, diretta a Notre Dame.

4

1912

Il Marché Monge era affollato, nonostante l'aria frizzante e una deprimente pioggerellina. Camminavo tenendomi mezzo passo indietro rispetto a Mimi Einsbacher, che si faceva strada tra le bancarelle ancheggiando vistosamente e non smetteva di fare commenti da quando eravamo arrivate al mercato.

«Oh, deve assolutamente comprare un po' di queste. Édouard adora le pesche spagnole. Guardi, sono mature al punto giusto... Gli ha mai cucinato gli scampi? Oh! Édouard ne va pazzo... Cavoli? Cipolle rosse? Ne è sicura? Questi ingredienti sono molto... rustici. Credo che Édouard preferisca qualcosa di un po' più sofisticato. Sa, è un gran buongustaio. Si figuri che una volta siamo andati al Petit Fils e lui non ha saltato nemmeno una delle quattordici portate del menu degustazione. Ci pensa? Temevo che stesse per scoppiare quando sono arrivati i *petits fours*. Ma era così felice...» Scosse il capo, come se fosse perduta in un sogno. «È un uomo di tali appetiti...»

Presi un mazzetto di carote e le osservai attentamente, cercando di apparire sicura della mia scelta. In un angolino remoto della mia testa cominciò a pulsare un battito sordo, e riconobbi i primi sintomi di un'emicrania.

Mimi Einsbacher si fermò davanti a un banco con una montagna di barattoli. Ne prese uno piccolo e lo sollevò alla luce dopo aver scambiato qualche parola con il venditore ambulante, poi mi sbirciò da sotto il cappello. «Oh, probabilmente non vorrà sentire questi ricordi... Sophia. Però devo consigliarle il *foie gras*. Qualcosa di sfizioso per Édouard. Se siete un po'... a corto di mezzi, sarei lieta di comprarlo io. Un piccolo pensiero per lui, in qualità di vecchia amica. So quanto può essere malaccorto in queste cose.»

«Siamo perfettamente in grado di provvedere a noi stessi, grazie.» Le presi di mano il barattolo, lo buttai nella borsa e porsi il denaro al venditore. Era metà di quello che restava del nostro gruzzolo destinato alla spesa, pensai cercando di reprimere la rabbia.

Mimi rallentò il passo e io non ebbi altra scelta se non camminare a fianco a lei. «Allora... Gagnaire mi ha detto che Édouard non dipinge da settimane. È un vero peccato.»

"Per quale ragione dovresti parlare con l'agente di Édouard?" avrei voluto chiederle, ma lasciai correre. «Ci siamo appena sposati. È stato... distratto da altre cose.»

«Lui è un grande talento, sa. Non dovrebbe perdere la concentrazione.»

«Édouard dice che riprenderà a lavorare quando sarà pronto.»

Fu come se non mi avesse sentito. Mimi si era già diretta al banco della pasticceria e stava guardando una *tarte framboise*. «Le fragole! In questa stagione! Non so proprio dove andremo a finire.»

"Per favore, non offrirti di comprare anche questo per Édouard" dissi tra me e me. "Quello che mi è rimasto è appena sufficiente per il pane." Ma Mimi aveva altro in mente. Comprò una piccola baguette, aspettò che il panettiere la incartasse e poi si voltò verso di me e disse abbassando la voce: «Sa, non può immaginare la sorpresa quando abbiamo saputo che si era sposato... Un uomo come Édouard». Sistemò accuratamente la baguette nel suo cestino facendola passare attraverso il manico. «Perciò, mi chiedevo... devo congratularmi per il lieto evento?»

Guardai lei e il suo smagliante sorriso falso, e poi vidi che fissava allusivamente i miei fianchi.

«No!»

Mi ci volle qualche secondo per rendermi conto di quanto mi avesse insultato.

"Mi ha chiesto lui di sposarlo" avrei voluto dirle. "È stato lui a insistere. Non poteva sopportare il pensiero che un altro uomo mi guardasse. Non poteva sopportare la possibilità che gli altri vedessero in me quello che vedeva lui."

Ma non intendevo rivelarle assolutamente nulla di noi. Davanti alla sua sorridente ostilità, volevo tenere per me ogni aspetto della nostra relazione, in modo che lei non potesse umiliarla o distorcerla o farla sembrare qualcosa che in realtà non era. Mi sentii avvampare.

Mimi mi fissò per un istante. «Oh, non sia così suscettibile, Sophia.»

«Sophie. Mi chiamo Sophie.»

Si voltò. «Certo. Sophie. Non mi dirà che è rimasta spiazzata dalla mia domanda. È naturale che chi conosce Édouard da molto tempo sia un po' possessivo nei suoi confronti. Dopotutto, sappiamo così poco di lei, se non che... è una commessa, giusto?»

«Lo ero. Finché non mi sono sposata.»

«E naturalmente ha dovuto lasciare il suo... negozio. Che peccato. Le mancheranno molto le sue colleghe. So bene quanto sia rassicurante essere inseriti in una cerchia, fra persone del proprio stesso ambiente.»

«Mi trovo molto bene con gli amici di Édouard.»

«Oh, non ho dubbi, anche se può essere incredibilmente difficile farsi dei veri amici quando tutti gli altri si conoscono da anni. Non dev'essere facile introdursi in quei divertimenti condivisi, in tutta quella storia.» Sorrise. «Comunque sono certa che se la sta cavando molto bene.»

«Io e Édouard stiamo benissimo da soli.»

«Naturalmente. Ma non può pensare che lui voglia restare isolato dal mondo tanto a lungo, Sophia. Come sa, è una creatura molto socievole. Un uomo come Édouard ha bisogno della massima libertà.»

Mi sforzai di mantenere la calma. «Parla come se fossi diventata la sua carceriera. Non ho mai voluto che Édouard facesse qualcosa che andava contro i suoi desideri.»

«Ma certo. E sono sicura che lei è perfettamente consapevole di quanto sia stata fortunata a sposare un uomo come lui. Pensavo solo che fosse opportuno darle qualche dritta.»

Visto che non rispondevo, Mimi aggiunse: «Forse crederà che io sia terribilmente presuntuosa a darle consigli su suo marito, ma lei sa che a Édouard non interessano le regole borghesi, quindi mi sono sentita in diritto di oltrepassare i limiti di una normale conversazione».

«Gliene sono molto grata, Madame Einsbacher.» Presi in considerazione l'idea di andarmene e lasciarla là, inventandomi qualche appuntamento che mi ero dimenticata di avere. Di certo avevo sopportato anche troppo.

Mimi abbassò la voce, si scostò dal banco e con un cenno mi invitò a fare altrettanto. «Bene, se vogliamo parlare francamente, allora, penso che sia mio dovere avvertirla su un altro fronte. Da donna a donna, per intenderci. Come saprà, Édouard è un uomo di grandi... appetiti.» Mi lanciò un'occhiata eloquente. «Sono certa che ora è felicissimo di essere sposato, ma quando ricomincerà a ritrarre altre donne, lei dovrà essere disposta a... concedergli certe libertà.»

«Prego?»

«Vuole che scenda nei dettagli, Sophia?»

«Sophie.» La fissai, serrando la mascella. «Mi chiamo Sophie. E sì, la prego di spiegarsi meglio, Madame.»

«Mi rincresce di essere così indelicata.» Sorrise garbatamente. «Ma... deve sapere che lei non è la prima modella con la quale Édouard... ha avuto una relazione.»

«Non capisco.»

Mi guardò come se fossi stupida. «Le donne che ha ritratto... c'è una ragione per cui Édouard riesce a ottenere immagini così delicate e potenti, per cui è in grado di riprodurre una tale... intimità.»

Intuii cosa stava per dire, ma rimasi in silenzio e lasciai che le parole cadessero intorno a me come lame di piccole ghigliottine.

«Édouard è soggetto a fugaci e imprevedibili passioni. Quando si stancherà della novità del matrimonio, Sophia, tornerà alle sue vecchie abitudini. Se lei è una ragazza di buon senso, e sono certa che lo sia, data la sua, diciamo così, esperienza *pratica,* io le consiglierei di girarsi dall'altra parte. Un uomo così non può essere imprigionato. Va contro il suo spirito artistico.»

Deglutii. «Madame Einsbacher, ho approfittato anche troppo del suo tempo. Credo che dovremo separarci qui. Grazie per i suoi... consigli.»

Mi voltai e me ne andai, con le sue parole che mi risuonavano ancora nelle orecchie e le nocche sbiancate per lo sforzo di trattenermi dal prendere a pugni qualcosa. Ero diretta in rue Soufflot, quando a metà strada mi accorsi di aver lasciato il cestino della spesa con le cipolle, il cavolo e il formaggio per terra, accanto al banco della verdura.

Quando tornai, Édouard era fuori casa. Non mi sorpresi, perché di solito lui e il suo agente si rintanavano in un bar vicino e discutevano di affari davanti a un bicchiere di *pastis* o, se si faceva tardi, perfino di assenzio. Posai in cucina la borsa con il portamonete e il *foie gras* e mi avvicinai al catino per rinfrescarmi il viso arrossato. Quella che mi guardava dallo specchio era una ragazza triste, con la bocca tesa in una sottile linea di rabbia e le guance pallide improvvisamente accese. Cercai di sorridere, di tornare a essere la donna che Édouard conosceva, ma quell'immagine non appariva. Vedevo soltanto un'esile ragazza guardinga la cui felicità d'un tratto sembrava poggiare sulle sabbie mobili.

Mi versai un bicchiere di vino dolce e lo ingollai d'un fiato, poi ne bevvi un altro. Non avevo mai bevuto alcolici fuori pasto in vita mia. Essendo cresciuta a contatto con mio padre e i suoi eccessi, mi ero tenuta alla larga dall'alcol finché non avevo incontrato Édouard.

Mentre me ne stavo in silenzio, le parole di Mimi Einsbacher continuavano a rimbombarmi nella mente: "Lui tornerà alle sue vecchie abitudini. Le donne che ha ritratto... c'è una ragione per cui Édouard riesce a ottenere immagini così...".

Poi scagliai il bicchiere contro il muro, lanciando un grido di dolore che sovrastò il rumore del vetro in frantumi.

Non so quanto tempo rimasi distesa sul letto, persa nella mia silenziosa infelicità. Non volevo alzarmi. La mia casa, l'atelier di Édouard, non mi apparivano più come il nostro piccolo porto sicuro. Mi sembravano infestati dai fantasmi delle sue relazioni passate, invasi dalle loro chiacchiere, dai loro sguardi, dai loro baci.

"Non devi pensare queste cose" mi rimproverai, ma la mia mente vagava sbandando come un cavallo imbizzarrito, procedendo in nuove e terribili direzioni, e non riuscivo a imbrigliarla.

Intanto aveva iniziato a farsi buio, e dalla strada proveniva il dolce canto sommesso dell'uomo che accendeva i lampioni. Era un suono che di solito trovavo rassicurante. Mi alzai, con la vaga intenzione di far sparire le schegge di vetro prima che Édouard tornasse a casa, ma mi ritrovai a dirigermi verso la parete opposta, dove erano accatastate le sue tele. Dapprima esitai, poi iniziai a tirarle fuori e le osservai a una a una. C'era Laure Le Comte, la *fille de rue*, che indossava un abito verde di lana pettinata, mentre in un altro appariva nuda, appoggiata a una colonna come una statua greca, i seni piccoli e sodi come pesche di

Spagna. C'era Emmeline, la cameriera inglese del Bar Brun, seduta con le gambe nude incrociate sotto di lei, il braccio abbandonato sullo schienale della sedia. Poi c'era una donna senza nome con i capelli scuri, distesa su una chaise longue, con i riccioli a cavatappi che ricadevano come una cascata sulla sua spalla scoperta e le palpebre abbassate come se avesse sonno. Era andato a letto anche con lei? La sua bocca leggermente socchiusa, dipinta così amorevolmente, stava aspettando quella di Édouard? Come avevo potuto pensare che mio marito fosse insensibile a quella setosa pelle nuda, a quelle sottovesti drappeggiate ad arte?

"Oddio, sono stata così stupida. Una stupida provinciale."

E infine, ecco Mimi Einsbacher, protesa verso uno specchio, la curva della schiena nuda messa in risalto da uno spietato corsetto, la morbida linea della spalla simile a un pallido invito. Era un ritratto ispirato, realizzato con un tratto di carboncino fluido e complice, ed era incompleto. Cosa aveva fatto Édouard quando si era interrotto? Si era avvicinato a Mimi, aveva posato la sua grande mano sulla spalla di lei e aveva appoggiato le labbra nel punto in cui questa incontra il collo? Il punto che mi faceva sempre rabbrividire di desiderio? L'aveva adagiata delicatamente su quel letto – il nostro letto –, mormorandole parole dolci e sollevandole la gonna finché lei...

Mi sfregai gli occhi con le mani strette a pugno. Mi sembrava di aver perso l'equilibrio, di essere sul punto di impazzire. Non avevo mai notato quei dipinti prima, eppure ora ciascuno di essi mi appariva come un silenzioso tradimento, una minaccia alla mia futura felicità. Édouard era stato a letto con tutte loro? Quanto tempo sarebbe passato prima che ci riprovasse?

Rimasi a fissare quelle donne, odiandole tutte eppure incapace di distogliere lo sguardo da loro, inventando per ognuna vite intere fatte di segreti, piaceri, infedeltà e sussurri, finché il cielo diventò nero come i miei pensieri.

Lo sentii prima ancora di vederlo, fischiettare mentre saliva le scale.

«Moglie!» esclamò Édouard quando aprì la porta. «Perché te ne stai lì al buio?»

Gettò il pastrano sul letto e girò per lo studio, con la sigaretta che pendeva all'angolo della bocca, sistemando le tende e accendendo le lampade ad acetilene e le candele infilate nei colli delle bottiglie di vino, poi si avvicinò a me e mi prese tra le braccia, stringendo gli occhi per vedere meglio il mio viso nella penombra.

«Sono solo le cinque. Non ti aspettavo così presto.» Mi sembrava di essermi svegliata da un sogno.

«Non è mai troppo presto, ora che siamo marito e moglie. Non posso stare lontano da te a lungo. E poi mi sei mancata. Jules Gagnaire non può certo sostituire le tue grazie.» Avvicinò dolcemente il mio viso al suo e mi baciò l'orecchio con infinita tenerezza. Sapeva di fumo e di *pastis*. «Non posso sopportare di starti lontano, mia piccola commessa.»

«Non chiamarmi così.»

Mi scostai da lui e mi alzai, diretta verso la cucina. Percepivo il suo sguardo leggermente sconcertato che mi seguiva. Per la verità, non sapevo cosa stessi facendo. La bottiglia di vino dolce era ormai vuota da un pezzo. «Avrai fame.»

«Io ho sempre fame.»
"È un uomo di grandi... appetiti."
«Ho... ho lasciato il cestino al mercato.»
«Ah! Poco male. Anch'io ho avuto la testa altrove quasi tutta la mattina. È stato bello la notte scorsa, non è vero?» Fece una risatina sommessa, perso nel ricordo.

Non risposi. Andai a prendere due piatti, due coltelli e gli avanzi del pane di quella mattina, poi guardai il barattolo di *foie gras*. Non avevo nient'altro da offrirgli.

«Ho avuto un incontro molto fruttuoso con Gagnaire. Dice che la Galerie Berthoud nel XVI arrondissement desidera esporre i miei primi paesaggi, i lavori che ho fatto a Cazouls, e pare che abbia già un acquirente per i due più grandi.» Sentii Édouard che stappava una bottiglia di vino e il tintinnio di due bicchieri che venivano posati sul tavolo.

«Gli ho anche detto del nostro nuovo metodo per recuperare i crediti. È rimasto molto colpito quando gli ho raccontato dell'impresa di ieri sera. Ora che entrambi lavorate al mio fianco, *chérie*, sono sicuro che vivremo alla grande.»

«Sono felice di sentirti parlare così» dissi, posandogli il cestino del pane davanti.

Non so cosa mi fosse successo. Non riuscivo a guardarlo. Mi sedetti di fronte a lui e gli offrii il *foie gras* e un po' di burro. Tagliai in quattro un'arancia e ne misi due spicchi sul suo piatto.

«Il *foie gras*!» Édouard svitò il coperchio. «Così mi vizi, amore mio.» Tagliò una fetta di pane e la spalmò con un velo di pâté rosa. Lo guardai mentre la mangiava senza staccarmi gli occhi di dosso, e per un attimo desiderai con tutte le mie forze che il fegato d'oca non gli fosse mai piaciuto, che lo detestasse. Invece mi lanciò un bacio al volo e fece schioccare le labbra, assaporando con gusto la sua tartina. «Che bella vita facciamo io e te, vero?»

«Non sono stata io a scegliere il *foie gras*, Édouard. Me l'ha suggerito Mimi Einsbacher.»

«Ah, Mimi?» I suoi occhi indugiarono nei miei per un istante. «Be'... lei se ne intende di cibo.»

«E anche di altro?»

«Mmh?»

«In che cos'altro è brava Mimi?»

La mia fetta di pane era rimasta nel piatto. Non riuscivo a mangiare. E in ogni caso il fegato d'oca non mi era mai piaciuto: non sopportavo il pensiero di quell'alimentazione forzata, di quelle povere bestie che venivano ingozzate fino a far gonfiare i loro organi. Non sopportavo il dolore causato dall'eccesso di ciò che ami.

Édouard posò il coltello sul piatto e mi guardò.

«Che c'è, Sophie?»

Non riuscii a rispondergli.

«Sembri di cattivo umore.»

«Già.»

«È per quello che ti ho detto? Te lo assicuro, tesoro, è stato prima che ti conoscessi. Non ti ho mai mentito.»

«Andrai di nuovo a letto con lei?»

«Cosa?»

«Quando ti sarai stancato del matrimonio, della novità, tornerai alle vecchie abitudini?»

«Cosa stai dicendo?»

«Oh, mangia, Édouard. Divora il tuo amato *foie gras*.»

Mi fissò a lungo, poi mi parlò dolcemente.

«Che cosa ho fatto per meritarmi questo? Ti ho mai dato la minima ragione per dubitare di me? Ti ho mai dimostrato altro se non la mia più totale devozione?»

«Non è questo il punto.»

«Bene, allora qual è?»

«Come hai fatto a farti guardare con quell'espressione?» La mia voce era alterata.

«Di chi parli?»

«Quelle donne. Le varie Mimi e Laure. Le cameriere, le prostitute e qualsiasi altra sciagurata bussi alla nostra porta. Come hai fatto a convincerle a posare per te in quel modo?»

Édouard era ammutolito. La sua bocca aveva assunto una piega insolita. «Nello stesso modo in cui ho convinto te. Gliel'ho chiesto.»

«E poi? Hai fatto con loro quello che hai fatto con me?»

Édouard guardò il suo piatto prima di rispondere. «Se non ricordo male, Sophie, sei stata tu a sedurre me la prima volta. O questo non combacia più con la versione degli eventi che ricordi ora?»

«E questo dovrebbe farmi sentire meglio? Sapere che sono stata l'unica delle tue modelle con cui non hai tentato di fare l'amore?»

La voce di Édouard esplose nello studio silenzioso. «Cosa ti succede, Sophie? Perché vuoi torturarti così? Siamo felici, io e te. Sai che non ho posato gli occhi su nessun'altra donna da quando ci siamo conosciuti!»

Cominciai ad applaudire, e ogni volta che battevo le mani quel suono rabbioso rimbombava nel silenzio dell'atelier. «Bravo, Édouard! Mi sei rimasto fedele fino al viaggio di nozze! Oh, è ammirevole!»

«Per amor del cielo, Sophie!» Édouard gettò il tovagliolo sul tavolo. «Dov'è finita mia moglie, la mia allegra, solare, adorabile moglie, e chi è questa donna che ha preso il suo posto? Questa donna infelice e sospettosa? Questa accusatrice con il muso lungo?»

«Oh, allora è così che mi vedi realmente?»

«Be', è questo che sei diventata da quando ci siamo sposati.»

Ci fissammo sfidandoci. Il silenzio si dilatò fino a riempire la stanza. Fuori un bambino scoppiò in un pianto a dirotto e si udì la voce di sua madre che prima lo rimproverava e poi lo confortava.

Édouard si passò una mano sul viso. Respirò profondamente e guardò fuori dalla finestra, poi si rivolse verso di me. «Sai che non ti vedo così. Sai che io... Oh, Sophie. Non capisco che cosa ha scatenato questa furia. Non capisco che cosa ho fatto per meritare un simile...»

«Perché non lo chiedi a loro?» Tesi il braccio e indicai le sue tele. La mia voce uscì come un singhiozzo. «In fondo, come può una ragazza di provincia come me sperare di capire la tua vita?»

«Oh, sei impossibile» disse, e gettò via il tovagliolo con rabbia.

«È essere sposata con te che è impossibile, e sto cominciando a chiedermi perché ti sei dato la pena di farlo.»

«Be', Sophie, ti assicuro che non sei la sola a farti questa domanda.» Mio marito mi fulminò con lo sguardo, afferrò la giacca appoggiata sul letto, poi si voltò e uscì.

5

2002

Quando lui la chiama, lei è sul ponte. Non sa dire da quanto tempo è là. Le sponde di ferro sono quasi interamente coperte dai lucchetti sui quali gli innamorati hanno scritto le loro iniziali, e i turisti si chinano per osservare meglio i piccoli pezzi di metallo scarabocchiati con il pennarello indelebile o incisi dalle coppie più organizzate. Alcuni si fotografano a vicenda, indicando i lucchetti che considerano particolarmente belli o che hanno appena messo lì di persona.

Liv ricorda che David le aveva parlato di questo posto prima di venire qui, del fatto che gli innamorati chiudono i lucchetti e gettano le chiavi nella Senna in segno di amore eterno e che quei simboli, dopo essere stati scrupolosamente rimossi dalle autorità locali, erano riapparsi dopo qualche giorno, contrassegnati dalle iniziali di due persone che, nel giro di un paio d'anni, avrebbero potuto stare ancora insieme oppure essersi trasferite in continenti diversi per non dover respirare più la stessa aria. Le aveva anche raccontato che il letto del fiume doveva essere dragato regolarmente per raccogliere quella massa arrugginita di chiavi.

Ora Liv è seduta sulla panchina e si sforza di non guardare quei pegni d'amore troppo attentamente, di non andare oltre al semplice spettacolo delle loro superfici luccicanti. Non vuole pensare a quello che significano.

"Ti aspetto al Pont des Arts" gli aveva detto. Nient'altro.

Forse c'era qualcosa di strano nella sua voce, perché David aveva replicato: "Sarò lì tra venti minuti".

Lo vede arrivare dal lato del Louvre. Indossa pantaloni color cachi, e man mano che si avvicina, l'azzurro della sua camicia diventa sempre più vivido. Liv prova una fitta di tenerezza davanti a quella figura così familiare per lei nonostante si conoscano da poco tempo. Osserva i suoi soffici capelli arruffati, le linee del suo viso e l'andatura che rivela sempre un pizzico di impazienza, come se fosse ansioso di dedicarsi a quello che l'aspetta. E poi nota che sulla spalla David porta la cartella di pelle dove tiene i suoi progetti.

"Che cosa ho fatto?"

Lui non sorride mentre la raggiunge, anche se è chiaro che l'ha vista. Si avvicina rallentando il passo, poi posa la cartella e si siede accanto a lei.

Rimangono in silenzio per qualche istante, guardando le barche piene di turisti che scivolano sul fiume.

E poi, finalmente, Liv dice: «Non ce la faccio».

Segue con lo sguardo il corso della Senna, sbirciando le persone che si chinano a osservare i lucchetti.

«Penso che abbiamo fatto un errore terribile o, meglio, che io ho fatto un errore.»

«Un errore?»

«So di essere impulsiva. Mi rendo conto che abbiamo corso troppo. Avremmo dovuto... conoscerci un po' meglio. Quindi pensavo... Non abbiamo fatto una grande cerimonia e tutto quanto. Molti dei nostri amici neppure sanno che ci siamo sposati. Possiamo... Possiamo semplicemente fingere che non sia mai successo niente. Siamo giovani entrambi.»

«Ma di cosa stai parlando, Liv?»

Lei lo guarda. «David... Mi è apparso tutto chiaro mentre ti avvicinavi. Hai portato i tuoi progetti con te.»

David trasale quasi impercettibilmente. Ma lei lo nota.

«Sapevi che avresti incontrato i Goldstein. Hai preparato la cartella e l'hai portata in luna di miele.»

Lui si fissa i piedi. «Non lo sapevo. Lo speravo.»

«E questo dovrebbe rendere la cosa meno grave?»

Non parlano per un po'. David si piega in avanti, con i gomiti appoggiati sulle ginocchia, e intreccia le mani. Poi la guarda di sottecchi con un'espressione turbata. «Io ti amo, Liv. Tu non mi ami più?»

«Certo che ti amo. Moltissimo. Ma non posso... Non ce la faccio. Non posso essere la donna che tutto questo rischia di farmi diventare.»

Lui scuote la testa. «Non capisco. È assurdo. Sono stato via solo un paio d'ore.»

«Non è questo il punto. Questa era la nostra luna di miele. È il modello di quello che diventeremo.»

«Come fa una luna di miele a essere il modello di una relazione? Per l'amor di Dio, la maggior parte delle coppie se ne sta spaparanzata sulla spiaggia per due settimane. Pensi che trascorreranno così il resto della loro vita?»

«Non mettermi in bocca quello che non ho detto!

Sai cosa intendo. Questa dovrebbe essere l'unica volta che tu...»

«Soltanto per questo progetto...»

«Oh, questo progetto. Questo progetto. Questo cazzo di progetto. Ci sarà sempre un progetto di mezzo, vero?»

«No. Questo è speciale. Loro...»

«Vogliono che tu li veda di nuovo.»

David si lascia sfuggire un sospiro e la sua mascella si contrae. «Non è un vero e proprio incontro di lavoro» dice. «È un pranzo. Domani. In uno dei migliori ristoranti di Parigi. E sei invitata anche tu.»

Le verrebbe voglia di ridere se non fosse tanto vicina alle lacrime. Quando finalmente parla, il suo tono è stranamente calmo.

«Mi dispiace, David. Non ti sto rimproverando. È solo colpa mia. Ero così infatuata di te che non riuscivo a vedere oltre. Non riuscivo a capire che essere sposata con qualcuno tanto preso dal proprio lavoro mi avrebbe reso...» All'improvviso la sua voce si fa rauca.

«Ti avrebbe reso cosa? Io ti amo ancora, Liv. Non capisco.»

Lei riflette per un istante, strofinandosi gli occhi. «Non riesco a spiegarmi. Senti... vieni con me. Voglio mostrarti una cosa.»

Il Musée d'Orsay non è lontano. Le code si sono assottigliate, e nei dieci minuti necessari per arrivare all'ingresso rimangono in silenzio. Liv è profondamente consapevole della presenza di suo marito accanto a sé, del nuovo imbarazzo che si è instaurato tra loro. Una piccola parte di lei ancora non riesce a credere che il suo viaggio di nozze stia per concludersi in questo modo.

Chiama l'ascensore, stavolta sicura di quale direzione prendere, e David la segue. Attraversano le sale degli impressionisti all'ultimo piano, schivando i gruppi fermi ad ammirare le opere. C'è un'altra scolaresca di fronte a *Déjeuner sur l'herbe*, e la stessa guida piena di entusiasmo racconta ai bambini lo scandalo suscitato dalla donna nuda. Liv pensa a quanto è assurdo che suo marito ora sia lì, accanto a lei, dove lo avrebbe voluto poche ore prima. Ma è troppo tardi ormai. È tutto troppo tardi. E poi arrivano davanti al piccolo ritratto.

Lei guarda il dipinto e lui fa un passo avanti.

«*Moglie con la luna storta*» legge. «Di Édouard Lefèvre.» David lo osserva per un istante, poi si rivolge a Liv, in attesa di una spiegazione.

«Dunque... L'ho visto stamattina... Ho visto questa moglie infelice e trascurata, e mi ha colpito. Ecco, io non voglio diventare così. Improvvisamente mi è sembrato che il nostro matrimonio sarebbe finito in questo modo: io che voglio le tue attenzioni, e tu che non sei in grado di darmele. E mi ha spaventato.»

«Il nostro matrimonio non finirà così.»

«Io non voglio essere una moglie che si sente ignorata perfino in luna di miele.»

«Non ti stavo ignorando, Liv...»

«Ma mi hai fatto sentire poco importante, ed è successo nell'unica occasione in cui mi sarei aspettata che tu volessi semplicemente stare con me, solo noi due, insieme.» La voce di Liv si alza, facendosi appassionata. «Volevo andarmene in giro per i piccoli caffè di Parigi, sedermi a bere un bicchiere di vino senza nessuna ragione in particolare e passeggiare mano nella mano. Volevo sentirti raccontare chi eri prima che ci incontrassimo e cosa desideravi. Volevo dirti tutte le cose che avevo progettato per la nostra vita insieme. Volevo fare sesso. *Molto* sesso. Non volevo gironzolare da sola per gallerie d'arte e prendere caffè con uomini che neppure conosco, giusto per ingannare l'attesa.»

Non può fare a meno di sentirsi un pochino gratificata dalla penetrante occhiata obliqua che le rivolge suo marito.

«E quando ho visto questo quadro, tutto ha acquistato un senso per me. Questa sono io, David. È così che sarò. Questo è ciò che succederà, perché perfino adesso tu continui a non vedere niente di male nel trascorrere due giorni, anzi, *tre* giorni su cinque del tuo viaggio di nozze a parlare del tuo progetto con un paio di ricchi uomini d'affari.»

Liv deglutisce e la sua voce si spezza.

«Mi dispiace. Io... io non posso essere questa donna. Io proprio... non posso. Diventerei come mia madre, e questo mi terrorizza.» Si asciuga gli occhi, chinando la testa per sfuggire agli sguardi curiosi degli altri visitatori.

David osserva attentamente il dipinto e rimane in silenzio a lungo, poi si volta verso di lei con un'espressione tesa.

«Okay, ho capito.» Si passa le mani fra i capelli. «Hai ragione. Su tutto. Sono... sono stato incredibilmente stupido. Ed egoista. Mi dispiace.»

Smettono di parlare mentre una coppia tedesca si sofferma per un attimo davanti al quadro, scambiandosi poche parole impacciate prima di proseguire.

«Ma... ma hai torto su questo dipinto.»

Lei lo guarda.

«Questa non è una donna trascurata. Non è la rappresentazione di una relazione in crisi.» David fa un passo avanti e prende dolcemente Liv per un braccio mentre indica il ritratto. «Guarda come l'ha dipinta, Liv. Lui non vuole vederla arrabbiata, e non la sta trascurando. Non vedi quanta tenerezza esprimono le pennellate? Non vedi la sfumatura che ha dato alla pelle qui? Lui la adora. Non può sopportare che lei sia contrariata. Non riesce a smettere di guardarla nemmeno quando è furiosa con lui.» David fa una pausa per prendere fiato. «Lui è là con lei, e non ha intenzione di andarsene via, anche se l'ha fatta soffrire.»

Gli occhi di Liv sono velati di lacrime. «Che cosa stai dicendo?»

«Non credo che questo quadro rappresenti la fine del nostro matrimonio.» David allunga una mano per prendere quella della moglie e la trattiene finché le dita di lei si rilassano fra le sue. «Perché quando lo guardo, vedo l'opposto di quello che vedi tu. Sì, qualcosa è andato storto. Sì, lei è infelice in quel preciso momento. Ma quando guardo questa donna, quando penso a loro, Liv, io vedo soltanto un'immagine piena d'amore.»

6

1912

Aveva appena cominciato a cadere una pioggia sottile quando, poco dopo mezzanotte, mi ero messa a vagare per il Quartiere Latino. Adesso, alcune ore più tardi, il mio cappello di feltro era così inzuppato che le gocce filtravano nel colletto, ma io le sentivo appena, talmente ero sprofondata nella mia infelicità.

Una parte di me avrebbe desiderato aspettare che Édouard tornasse, ma non ero riuscita a restare nella nostra casa, non con quelle donne, con la minaccia delle future infedeltà di mio marito che incombeva su di me. Continuavo a vedere il risentimento nei suoi occhi, a sentire la rabbia nella sua voce. "Chi è questa accusatrice con il muso lungo?" Lui non vedeva più il lato migliore di me, e come potevo biasimarlo? Mi aveva visto per quella che sapevo di essere: una commessa insignificante, provinciale, invisibile. Si era trovato intrappolato nel matrimonio a causa di un attacco di gelosia, della convinzione passeggera di doversi assicurare il mio amore. Ora si stava pentendo della sua fretta, ed ero stata io stessa a portarlo a questa conclusione.

Per un attimo mi domandai se avrei dovuto semplicemente fare la valigia e andarmene, ma ogni volta che quel pensiero frullava nella mia mente febbrile, subito arrivava la risposta: lo amavo. La prospettiva di un futuro senza di lui era insopportabile. Come potevo tornare a St Péronne e vivere la vita di una zitella avendo conosciuto l'amore e sapendo come ti fa sentire? Come potevo sopportare l'idea che lui vivesse altrove, lontano chilometri da me? Perfino quando usciva dalla stanza, la sua assenza mi pesava come la mancanza di un arto. Ero ancora sopraffatta dal bisogno fisico di averlo vicino, e non potevo certo tornare a casa a poche settimane dal nostro matrimonio.

Il vero problema era che sarei sempre stata una provinciale. Non potevo condividere il mio uomo come evidentemente facevano le mogli parigine, ignorando le piccole trasgressioni dei loro mariti. Come potevo vivere accettando la possibilità che Édouard tornasse a casa con il profumo di un'altra donna addosso? Anche se non avevo la certezza della sua infedeltà, come potevo entrare in casa e vedere Mimi Einsbacher, o una qualsiasi di quelle donne, nuda sul nostro letto mentre posava per lui? Cosa avrei dovuto fare? Limitarmi a sparire nella stanza sul retro? Andare a fare una passeggiata? Sedermi e tenerli d'occhio? Lui mi avrebbe odiato. Mi avrebbe visto come la carceriera che Mimi Einsbacher già credeva che io fossi.

All'improvviso mi resi conto di non aver mai pensato a ciò che il matrimonio avrebbe realmente significato per noi. Non ero riuscita a vedere oltre la sua voce, le sue mani, i suoi baci. Non ero riuscita a vedere oltre la mia stessa vanità: ero abbagliata dal riflesso di me che avevo visto nei suoi dipinti e nei suoi occhi.

E ora che la sua polvere magica era stata soffiata via, ero rimasta io, sua moglie, l'accusatrice dal muso lungo. E questa versione di me stessa non mi piaceva affatto.

Girai Parigi in lungo e in largo. Percorsi tutta rue de Rivoli fino ad avenue Foch e vagai per i vicoli degli Invalides, ignorando gli sguardi curiosi degli uomini, i pesanti apprezzamenti degli ubriachi, i piedi indolenziti a forza di camminare sul pavé e nascondendo il viso perché i passanti non vedessero le lacrime che mi riempivano gli occhi. Piangevo per il matrimonio che avevo già perduto. Piangevo per l'Édouard che aveva visto soltanto la parte migliore di me. Mi mancava la nostra intensa felicità, la sensazione di essere invulnerabili, immuni al resto del mondo. Come avevamo fatto ad arrivare a questo punto così presto? Continuai a camminare, talmente persa nei miei pensieri che quasi non mi accorsi che aveva cominciato a fare giorno.

«Madame Lefèvre?»

Mi voltai, e una donna uscì dall'ombra. Quando si fermò sotto le tremolanti luci dei lampioni, capii che era la stessa ragazza che Édouard mi aveva presentato la sera della rissa al Bar Tripoli e mi sforzai di ricordare il suo nome: Lisette? Laure? Sì. Laure Le Comte.

«Come mai è qui, Madame? Questa non è l'ora adatta a una signora» disse voltandosi a guardare la strada. Non sapevo cosa rispondere. Non ero nemmeno sicura di riuscire a parlare. Mi tornò in mente l'avvertimento di una delle ragazze di La Femme Marché, quando Édouard aveva iniziato a corteggiarmi: "Frequenta le donne di strada di Pigalle".

«Ho perso il senso del tempo.» Diedi un'occhiata

all'orologio. Un quarto alle cinque. Avevo camminato tutta la notte.

Il suo viso era in ombra, ma mi accorsi che la donna mi stava osservando attentamente. «Va tutto bene?»

«Sì, tutto bene, grazie.»

Continuava a guardarmi, poi fece un passo avanti e mi sfiorò il gomito. «Sa, per una donna sposata questo non è certo il luogo ideale per passeggiare da sola. Vuole che andiamo a bere qualcosa? Conosco un bar non lontano da qui dove possiamo stare al caldo.»

Vedendo la mia esitazione, mi lasciò il braccio e indietreggiò. «Naturalmente, se ha altri programmi capisco benissimo.»

«No. È gentile da parte sua invitarmi. Mi farebbe piacere scaldarmi un po'. In... In effetti mi accorgo solo ora di essere veramente intirizzita.»

Percorremmo in silenzio due stradine strette fino a raggiungere una vetrina illuminata. Un cinese si scostò da una pesante porta per farci entrare, e la mia accompagnatrice scambiò qualche parola con lui. Nel bar faceva caldo e i vetri erano appannati. C'era un gruppetto di avventori che bevevano ancora, tassisti per lo più, disse Laure Le Comte guidandomi in fondo al locale. Mentre lei ordinava qualcosa al bancone, io mi sedetti al tavolo e mi sfilai il mantello umido dalle spalle. Il piccolo locale era rumoroso e c'era un'atmosfera vivace; alcuni uomini erano raccolti intorno a un tavolo da gioco nell'angolo, dove era in corso una partita a carte. Osservai il mio viso nello specchio che occupava tutta la parete: ero pallida, con i capelli bagnati e appiccicati alla testa. "Perché Édouard dovrebbe amare soltanto me?" mi chiesi, poi tentai di scacciare quel pensiero.

Arrivò un vecchio cameriere con un vassoio e Laure mi porse un bicchierino di cognac. Ora che eravamo sedute lì da sole, non riuscivo a trovare niente da dirle.

«Credo che abbiamo fatto bene a entrare» disse Laure lanciando un'occhiata verso la porta. Si era messo a diluviare, e la pioggia scorreva lungo i marciapiedi creando un fitto tessuto di rigagnoli e gorgogliando nei canali di scolo.

«Eh, già.»

«Monsieur Lefèvre è a casa?»

L'aveva chiamato in modo formale, anche se lo conosceva da più tempo di me.

«Non ne ho idea.»

Bevvi un sorso del mio cognac. Mi bruciò in gola come fuoco. Poi, improvvisamente, iniziai a parlare. Forse era la disperazione, forse era la consapevolezza che una donna come Laure ne aveva viste così tante che niente di quello che avevo da raccontare avrebbe potuto sconvolgerla, o forse volevo semplicemente vedere la sua reazione. Del resto, non sapevo se anche lei facesse parte delle donne che ora dovevo considerare una minaccia per il mio matrimonio.

«Ero arrabbiata. Ho pensato che fosse meglio... uscire a fare due passi.»

Lei annuì e mi sorrise timidamente. I suoi capelli erano raccolti ordinatamente in uno chignon basso che le dava un'aria da insegnante più che da creatura notturna. «Io non sono mai stata sposata, ma posso immaginare che il matrimonio cambi la vita di una persona in modo radicale.»

«È difficile abituarsi. Pensavo che facesse per me, ma ora... non sono più tanto sicura di avere il temperamento giusto per affrontare le sfide della vita coniugale.» Ero sorpresa dalle mie stesse parole. Non ero il tipo di donna incline alle confidenze. L'unica persona con la quale mi ero veramente aperta era mia sorella e, in sua assenza, mi ero confidata sempre e solo con Édouard.

«Lei trova Édouard... impegnativo?»

In quel momento notai che Laure Le Comte era più vecchia di quanto avessi pensato in un primo tempo; la sapiente applicazione di fard e rossetto le aveva conferito un soffio di giovinezza. Ma c'era qualcosa in lei che mi spingeva a continuare a parlare: la consapevolezza che ciò che raccontavo sarebbe rimasto riservato. Mi domandai distrattamente che cosa avesse fatto quella sera, quali altri segreti ascoltasse ogni giorno.

«Sì. No. Non Édouard, in realtà.» Non riuscivo a spiegarmi. «Non so. Mi... mi dispiace. Non avrei dovuto opprimerla con le mie preoccupazioni.»

Si alzò a ordinare un secondo cognac per me, poi si risedette e sorseggiò il suo, riflettendo su cosa dire. Alla fine si sporse in avanti e mi parlò dolcemente. «Come potrà immaginare, Madame Lefèvre, io mi considero un'esperta della psiche degli uomini sposati.»

Arrossii leggermente.

«Non so che cosa l'abbia condotta qui stasera, e credo che nessuno dall'esterno possa permettersi di parlare di ciò che accade dentro i confini di un matrimonio, ma posso assicurarle una cosa: Édouard la adora. Mi sento di dirlo a ragion veduta, avendo conosciuto molti uomini, e perfino alcuni che erano in luna di miele.»

La guardai e lei inarcò un sopracciglio con aria ironica. «Sì, in luna di miele. Prima che Édouard Lefèvre la incontrasse, avrei potuto scommettere con una certa sicurezza che non si sarebbe mai sposato, che si sarebbe sentito perfettamente a suo agio nel condurre la vita di sempre. Ma poi ha conosciuto lei che, senza civetteria né astuzia, ha conquistato il suo cuore, la sua testa, la sua immaginazione. Non sottovaluti quello che Édouard prova per lei, Madame Lefèvre.»

«E le altre donne? Devo ignorarle?»

«Quali altre donne?»

«Mi è stato detto che... Édouard non è il tipo di uomo che si dedica volentieri a un rapporto... esclusivo.»

Laure mi guardò seria. «E chi è la creatura maligna che le ha detto questo?» Il mio viso doveva avermi tradito. «Chiunque sia il consigliere che ha piantato questo seme cattivo, Madame Lefèvre, a quanto pare è riuscito nel suo intento.»

Bevve un altro sorso di cognac. «Le dirò una cosa, Madame, e spero che non se ne abbia a male, perché lo faccio con le migliori intenzioni.» Si sporse verso di me. «In effetti nemmeno io credevo che Édouard fosse il tipo di uomo destinato a sposarsi, ma quando vi ho visti quella sera davanti al Bar Tripoli e ho notato lo sguardo orgoglioso che le rivolgeva, la tenerezza con cui le posava la mano sulla schiena, il modo in cui cercava la sua approvazione per qualsiasi cosa, mi sono resa conto che siete una coppia perfetta. E ho visto che Édouard era felice. Molto felice.»

Rimasi in silenzio ad ascoltare.

«Anzi, devo confessarle che, quando ci siamo presentate, ho provato vergogna, un'emozione insolita per me. Perché negli ultimi mesi, quando posavo per Édouard o perfino quando lo incontravo, magari mentre tornava a casa dal bar o dal ristorante, mi sono offerta a lui gratis più di una volta. Mi è sempre piaciuto molto, capisce? Però, da quando l'ha conosciuta, lui ha sempre respinto i miei inviti con molto garbo, ma senza esitazione.»

Fuori la pioggia era improvvisamente cessata. Un uomo sulla soglia del bar allungò un braccio all'esterno per vedere se aveva smesso e scambiò una battuta con il suo amico che fece ridere entrambi.

La voce di Laure era un sussurro lieve. «Il rischio più grande per il suo matrimonio, se posso permettermi di essere sincera, non è suo marito. Il vero rischio è che le parole di questo sedicente consigliere la trasformino esattamente in ciò che lei, e Monsieur Lefèvre, temete.»

Laure finì il suo bicchiere. Si strinse nello scialle e si alzò in piedi. Si guardò allo specchio aggiustandosi una ciocca di capelli, poi diede un'occhiata alla finestra. «*Et voilà*, ha smesso di piovere. Penso che oggi sarà una bella giornata. Vada a casa da suo marito, Madame Lefèvre. Si goda la sua fortuna. Sia la donna che lui adora.»

Mi rivolse un fugace sorriso. «E in futuro veda di scegliere con più attenzione i suoi consiglieri.»

Dopo aver scambiato qualche parola con il proprietario, Laure uscì dal bar nell'umida luce azzurra dell'alba. Mentre me ne stavo là ad assimilare quello che mi aveva detto, sentii la spossatezza penetrarmi nelle ossa insieme a qualcos'altro: un grande, profondo sollievo.

Feci per pagare il conto, ma il vecchio cameriere mi informò con un'alzata di spalle che Madame Laure aveva già provveduto a saldarlo e tornò a strofinare i suoi bicchieri.

Mentre salivo le scale, l'appartamento era così silenzioso che pensai che Édouard stesse dormendo. Era impossibile non sentire mio marito quando era in casa: cantava, fischiettava o ascoltava il grammofono a un volume così alto che i vicini, irritati, battevano sui muri. I passerotti che cinguettavano nell'edera che copriva la facciata e il suono distante degli zoccoli dei cavalli sull'acciottolato annunciavano il lento risveglio della città, ma il piccolo alloggio all'ultimo piano del numero 21 di rue Soufflot era immerso in un silenzio assoluto.

Cercai di non pensare a dove e in quale stato d'animo potesse essere Édouard. Mi tolsi le scarpe e salii di corsa l'ultima rampa, il rumore prodotto dai miei piedi attutito dai gradini di legno, ansiosa di sdraiarmi sul letto accanto a lui e di stringerlo tra le braccia. Gli avrei detto quanto mi dispiaceva, quanto lo adoravo, quanto ero stata stupida. Sarei tornata a essere la donna che aveva sposato.

La mia mente fremeva di desiderio. Aprii piano la porta di casa, immaginando Édouard che, avviluppato nelle lenzuola, sollevava pigramente il braccio per scostarle e farmi entrare, ma quando varcai la soglia della stanza, togliendomi il cappotto, vidi che il nostro letto era vuoto.

Dopo un attimo di esitazione, attraversai la stanza e mi avvicinai all'atelier. D'un tratto mi sentii stranamente nervosa, perché non sapevo come sarei stata accolta.

«Édouard?» chiamai.

Non ci fu risposta.

Entrai. L'atelier era illuminato dal debole bagliore delle candele rimaste dove le avevo lasciate nella fretta di uscire di casa e dalla fredda luce azzurra del primo mattino che trapelava dall'ampia finestra. Dalla temperatura che c'era nella stanza capii che il camino era spento ormai da ore. In fondo allo studio, accanto alle tele, vidi Édouard, in camicia da notte e pantaloni larghi, di spalle, che osservava il suo lavoro.

Rimasi sulla soglia per qualche istante a fissare mio marito, con la sua schiena ampia e i suoi folti capelli scuri, finché non si rese conto della mia presenza. Quando si voltò a guardarmi, colsi un'ombra di circospezione nei suoi occhi, come se si chiedesse "che succederà ora?", e questo mi ferì.

Mi diressi verso di lui con le scarpe in mano. Avevo immaginato di buttarmi fra le sue braccia per tutto il tragitto di ritorno da rue de Babylone. Avevo pensato che non sarei stata in grado di trattenermi. Ma ora, in quella stanza silenziosa e immobile, qualcosa mi frenava. Mi fermai a pochi centimetri da lui, i miei occhi inchiodati nei suoi, poi la mia attenzione fu attirata dal cavalletto.

La donna ritratta era protesa in avanti, il viso chiuso in una furia repressa, i capelli ramati legati morbidamente sulla nuca come i miei la sera prima. Il suo corpo rivelava una tensione, un'infelicità profondamente trattenuta, e il suo rifiuto di guardare l'artista negli occhi pesava come un silenzioso rimbrotto. Un groppo mi chiuse la gola.

«È... perfetto» dissi quando riuscii a parlare.

Édouard si voltò a guardarmi. Era stremato e aveva gli occhi arrossati, forse perché non aveva dormito, o per qualche ragione completamente diversa. Volevo cancellare la tristezza dal suo viso, rimangiarmi le parole, renderlo di nuovo felice. «Oh, sono stata così sciocca...» iniziai, ma lui mi interruppe attirandomi a sé.

«Non lasciarmi più, Sophie» mi sussurrò dolcemente nell'orecchio in tono carico di emozione.

Non parlammo. Restammo stretti forte l'uno all'altra, come se fossimo stati separati per anni, non per poche ore.

Sentii la sua voce sfinita e rotta accarezzarmi la pelle. «Non potevo sopportare che tu fossi lontana da me, e ritrarti era l'unico modo per riportarti indietro.»

«Ora sono qui» mormorai. Affondai le dita nei suoi capelli e avvicinai il mio viso al suo, respirando l'aria che respirava lui. «Non ti lascerò più. Mai più.»

«Volevo dipingerti così come sei, ma tutto quello che ne ho ricavato è questa Sophie furiosa e infelice, e l'unica cosa che sono riuscito a pensare è: "Sono io la causa della sua infelicità".»

Scossi la testa. «Non è colpa tua, Édouard. Dimentichiamo questa notte. Per favore.»

Lui allungò una mano e girò il cavalletto allontanandolo da me.

«Allora non lo finirò. Non voglio neppure che lo guardi. Oh, Sophie. Mi dispiace. Mi dispiace tanto...»

Così lo baciai. Lo baciai, cercando di fargli capire che lo adoravo con tutta me stessa, che la mia vita prima di incontrarlo era stata grigia e incolore, e che un futuro senza di lui sarebbe stato nero e terrificante. Gli dissi che lo amavo più di quanto avessi mai pensato di poter amare qualcuno. Mio marito. Il mio affascinante, complicato, brillante marito. Non riuscivo a parlare; i miei sentimenti erano troppo grandi per essere espressi a parole.

«Vieni» dissi infine, e con le dita allacciate alle sue, lo tirai verso il letto.

Qualche ora dopo, la strada riecheggiava dei suoni vivaci della tarda mattinata. I fruttivendoli avevano completato il loro giro e l'aroma del caffè che saliva attraverso la nostra finestra aperta era diventato intollerabilmente delizioso. Mi staccai da Édouard e scesi dal letto con il suo sapore ancora sulle labbra e il sudore che si raffreddava sulla schiena. Attraversai lo studio e accesi il fuoco, poi mi avvicinai al cavalletto e girai la tela verso di me. La guardai attentamente, notando la tenerezza del tratto, l'intimità che esprimeva, la perfetta rappresentazione di me, di un momento preciso, poi mi rivolsi a Édouard. «Credo proprio che dovresti finirlo.»

Lui si sollevò su un gomito e mi guardò con gli occhi socchiusi.

«Ma... hai un'aria così triste.»

«Forse, ma è la verità, Édouard. E tu mostri sempre la verità. È il tuo grande talento.» Mi stirai alzando le braccia sulla testa, felice di sentire il suo sguardo su di me. «Credo che prima o poi sarebbe arrivato comunque un giorno in cui avremmo litigato» dissi, stringendomi nelle spalle. «Una luna di miele non può durare per sempre.»

«Sì, invece» ribatté Édouard mentre tornavo da lui camminando sul pavimento nudo. Mi attirò di nuovo nel letto, con uno sguardo serio e un sorriso malinconico sul volto. «Può durare quanto vogliamo. E, in qualità di signore assoluto di questa casa, stabilisco che ogni giorno del nostro matrimonio dovrà essere una luna di miele.»

«Mi rimetto completamente al volere di mio marito» sospirai, rifugiandomi tra le sue braccia. «Ci abbiamo provato e abbiamo scoperto che tenere il broncio e litigare non fa per noi. Dichiaro anch'io che il nostro matrimonio sarà un'eterna luna di miele.»

Restammo distesi in un silenzio complice, la mia gamba sulla sua, la pelle calda del suo ventre contro la mia, il braccio che pesava sulle mie costole nel punto in cui lui mi teneva stretta a sé. Non ricordavo di essermi mai sentita così appagata. Aspirai il suo profumo, sentii il suo cuore battere contro il mio, finché la stanchezza cominciò a sopraffarmi. Scivolai in uno stato di torpore, trascinata in un luogo caldo e accogliente che mi appariva ancora più piacevole dopo quella notte travagliata. Poi Édouard mormorò: «Sophie, se vogliamo essere sinceri fino in fondo... sento di doverti dire una cosa».

Aprii un occhio.

«E spero di non ferire troppo i tuoi sentimenti.»

«Di cosa si tratta?» sussurrai, con il cuore sul punto di fermarsi.

Édouard esitò un istante e mi prese la mano. «So che il tuo voleva essere un gesto carino, ma la verità è che a me non piace il *foie gras*. Non mi è mai piaciuto. Volevo soltanto essere gent...»

Ma non riuscì a terminare la frase, perché gli avevo già chiuso la bocca con un bacio.

7

2002

«Non riesco a credere che tu mi stia telefonando durante la luna di miele.»

«Be', sai... David è giù nella hall che sistema alcune cose, e io ho pensato che la giornata sarebbe stata ancora più perfetta se mi fossi ritagliata un paio di minuti per chiacchierare un po' con te.»

Jasmine copre il ricevitore con la mano. «Vado nel bagno delle donne, così Besley non mi vede. Aspetta un attimo.» Il rumore di una porta che si chiude, poi dei passi affrettati. Mi sembra di vedere il soffocante ufficio sopra la cartoleria, il traffico intenso che scorre faticosamente lungo Finchley Road, e di sentire l'odore di benzina che aleggia nell'appiccicosa aria estiva. «Avanti. Dimmi tutto. Hai venti secondi. Cammini già come John Wayne? E te la stai spassando come non mai?»

Mi guardo intorno nella mia stanza d'albergo: il letto sfatto da cui David si è appena alzato, la valigia che ho iniziato a preparare a malincuore sul pavimento. «È... un po' strano abituarsi al fatto di essere sposata, ma sono davvero felice.»

«Sono così invidiosa! Sono uscita con Shaun Jeffries ieri sera. Te lo ricordi? Il fratello di Fi, quello con le unghie orrende. Onestamente non ho idea del perché ho accettato. Non ha smesso un attimo di parlare di sé. Forse si aspettava che fossi colpita dal fatto che ha un appartamento su due livelli a Friern Barnet.»

«È una zona in rivalutazione, molto bella.»

«E l'appartamento ha un grande potenziale.»

Ridacchiai. «È importante salire nella scala sociale.»

«Soprattutto alla nostra età. Investendo nel mattone vai sul sicuro.»

«Ha un fondo pensione? Dài, Jasmine. Dimmi che ce l'ha.»

«Certo che ha un fondo pensione, ed è pure indicizzato. Aveva le scarpe grigie e ha insistito perché chiedessimo i conti separati. Ha ordinato la bottiglia meno costosa del ristorante perché secondo lui i vini hanno tutti lo stesso gusto dopo il primo bicchiere. Oh, Worthing, vorrei che tu fossi qui. Ho un gran bisogno di andare a bere qualcosa insieme. Questi appuntamenti possono diventare uno strazio. Hai decisamente fatto la scelta giusta.»

Mi sdraio sul letto e guardo il soffitto, bianco e riccamente decorato come una torta nuziale.

«Cosa? Anche se sono terribilmente impulsiva e si sa che è meglio non fidarsi dei miei impulsi?»

«Sì! Vorrei proprio essere più istintiva anch'io. Vorrei aver sposato Andrew quando me l'ha chiesto, e adesso probabilmente vivrei in Spagna invece di essere bloccata in questo ufficio a chiedermi se posso squagliarmela alle cinque meno venti per andare a pagare il bollo dell'auto. Vabbe'. Oddio, Liv, devo scappare. Besley sta entrando nel bagno.» Jasmine alza la voce e cambia tono. «Certo, Mrs Halston. Grazie mille per aver chiamato. Sono certa che ci risentiremo presto.»

Liv chiude la comunicazione proprio mentre sta tornando David. Ha in mano una scatola di cioccolatini del *maître chocolatier* Patrick Roger.

«E questa cos'è?»

«La nostra cena. È in arrivo dello champagne per accompagnarli.»

Liv ridacchia divertita e inizia a scartare la deliziosa scatola turchese. Si infila un cioccolatino in bocca e chiude gli occhi. «Semplicemente divini. Tra questi e il lauto pranzo di domani, tornerò a casa grossa come una balena.»

«Ho annullato il pranzo.»

Liv alza lo sguardo. «Ma ho detto che...»

David si stringe nelle spalle. «No. Avevi ragione. Basta lavoro. Certe cose dovrebbero essere sacre.»

Lei prende un altro cioccolatino e gli porge la scatola. «Oh, David... Comincio a pensare di aver avuto una reazione esagerata.» Il pomeriggio, con il suo febbrile picco di tensione emotiva, sembra molto lontano. Liv ha l'impressione di essere sposata con lui da una vita.

David si sfila la camicia dalla testa. «No. Avevi tutto il diritto di aspettarti la mia totale attenzione in viaggio di nozze. Mi dispiace. Immagino... Immagino che dovrò imparare a ricordarmi che siamo in due ora e che non esisto soltanto io.»

Eccolo di nuovo. L'uomo di cui si è innamorata. "Mio marito." Improvvisamente Liv è travolta dal desiderio.

David si siede sul letto, e lei gli si avvicina mentre lui continua a parlare. «Vuoi sapere l'ultima? Ho chiamato i Goldstein dalla reception. Dopo aver preso un respiro profondo, ho spiegato che ero molto spiacente, ma non potevo dedicare loro altro tempo perché questa settimana, a dire il vero, sono in luna di miele.»

«E...?»

«E si sono arrabbiati moltissimo.»

Liv si blocca a metà strada mentre si sta portando l'ennesimo cioccolatino alle labbra. Ha un tuffo al cuore. «Oddio... Mi spiace...»

«Sì, in realtà erano davvero furiosi. Mi hanno chiesto cosa diavolo mi fosse venuto in mente: lasciare sola mia moglie per discutere faccende di lavoro! "Non è assolutamente il modo di iniziare un matrimonio degno di questo nome" cito testualmente.» David le fa un sorrisetto sghembo.

«Mi sono sempre piaciuti i Goldstein» dice Liv facendosi scivolare un altro cioccolatino in bocca.

«Hanno detto che è un'occasione unica, un momento della nostra vita che non avrei più rivissuto.»

«Penso che potrei addirittura amarli.»

«Li amerai ancora di più fra poco.» David si alza, si dirige verso la portafinestra e la spalanca uscendo sul balcone. La piccola stanza viene inondata dal sole del tardo pomeriggio, insieme ai suoni di rue des Francs Bourgeois, brulicante di turisti e di gente che si dedica pigramente allo shopping. David si toglie le scarpe, i calzini e i pantaloni e torna a sedersi sul letto, rivolto verso di lei. «Hanno detto che si sentono in parte responsabili per avermi tenuto lontano da te. Così ci hanno offerto di usufruire della loro suite al Royal Monceau a partire da domani, come risarcimento nei tuoi confronti. Servizio in camera, vasca da bagno grande quanto un transatlantico, fiumi di champagne, nessunissima necessità di uscire dalla stanza, per due notti. Il motivo per cui ci ho messo così tanto tempo giù è che, in qualità di tuo marito, mi sono permesso di prolungare la validità dei nostri biglietti aerei. Che ne dici?»

Guarda Liv, e perfino in quel momento c'è un'ombra di incertezza nei suoi occhi. «Ovviamente questo significherebbe trascorrere altre quarantotto ore con un uomo che, secondo i nostri simpatici amici miliardari, è un emerito idiota.»

Lei lo fissa. «Gli emeriti idioti sono il genere di marito che preferisco.»

«Speravo proprio di sentirtelo dire.»

Ricadono indietro sui cuscini e restano lì, distesi fianco a fianco, con le dita intrecciate.

Liv osserva dalla finestra la Ville Lumière ancora illuminata dal sole, e sul suo volto aleggia un sorriso. È sposata. È a Parigi. Domani sprofonderà in un letto enorme con l'uomo che ama e probabilmente non ne uscirà per due giorni. Probabilmente la vita non può andare meglio di così.

Ma lei spera che questo sia solo l'inizio.

«Ce la farò, Mrs Halston» mormora David, voltandosi verso di lei e sfiorandole le dita con le labbra. «Magari ci vorrà un po' di tempo perché mi abitui a questa faccenda del matrimonio, ma alla fine ce la farò.» Ha due lentiggini sul naso. Liv non le aveva notate prima. Sono le lentiggini più belle che abbia mai visto.

«Va bene, Mr Halston» dice, e stende il braccio per posare la scatola dei cioccolatini sul comodino, fuori pericolo. «Abbiamo tutto il tempo di questo mondo.»